阅读，认识你自己

Lege, temet nosce

OWL 猫头鹰

小说灯笼

〔日〕太宰治 著

陈系美 译

四川文艺出版社

失格的斜阳

张大春

在短暂的三十九年生命中，太宰治写了二十年，自杀五次，并且在他的四十余部长篇小说、短篇小说集和随笔集中，对自己和日本社会的陈腐、伪善和罪恶做了无数次颠覆性的挖掘。

比较起太宰治晚年的《斜阳》（一九四七）和《人间失格》（一九四八），这本发表于一九四〇到一九四四年间的短篇集《小说灯笼》已经算是非常明朗、温柔的了。在这本集子里，太宰治暂时收束起他早期作品中支离破碎的文体，让自己和读者都从现代主义庞大而纷乱的魔影下逃生，喘了一口气——然而，对于曾入精神病院治疗药物中毒的作者而言，这几年的“安定期”宛如囚者“放封”一般，只是为他晚期凄绝猛厉的自我毁灭蓄积精力的一个热身运动而已。

近乎凌虐仪式的自我质疑与解剖，似乎一直是日本近代小说家的文学救赎动作。太宰治即使处于一个温和的安定期间，仿佛也未曾背离这个传统。就拿《小说灯笼》这一篇为例子吧，它记述西画家“入江新之助”遗族——五个喜爱说故事的小兄妹，合为一篇“王子与女巫的女儿的爱情故事”接力小说，隐伏在浪漫热情（叙事情境）和亲切和睦（后设情境）的氛围之下，爱情故事“草草结束”，而“自己都不知道为了什么”的长兄（一个沉默阴郁一如太宰治本人的家伙）以抄写《圣经》道德讲义来覆按这原本十分可爱的传奇故事所引发的轻蔑、讪笑却强有力地暴露出作者对“幸福家庭”的轻嘲。

较之《小说灯笼》，更具杀伤力的短篇《猫头鹰通信》《谁》乃是直接捣向作家（小说家）在虚矫冷漠和自卑疏离之间左支右绌的困境。这样的困境在《作家手札》之中，更借由马戏团主人对“我”的特殊待遇而深刻揭露出来——那是身为大地主富商幼子的太宰治的一份诚惶诚恐、“向往民众”的心态。一方面，太宰治无法摆脱自己贵族般的出身，却隐然以之为个人的歉疚与罪孽；另一方面，他又敏锐地警醒到，文学救赎根本是一个不实无力的传统——写作除了益发将他和“产业战士”的距离拉远之外，更只能带给他自我挞伐的痛苦。让我们看一段《厚脸皮》的原文：

以电影来说，这三十张稿纸大概就像预告片，摆明了在宣传。无论如何低头垂眼，佯装谦虚美德，乡巴佬就是厚颜无耻，还以为他要说什么，居然是创作的甘苦谈。甘苦谈，真是受不了啊。那家伙最近认真起来了，好像也赚了不少钱，似乎也努力在钻研学问，还说喝酒很无聊，而且留起胡子。这会令听到的人瞠目结舌，直呼真的假的？总之甘苦谈还是算了。看到观众仔细聆听，肚子里的蛔虫都跑出来胡言乱语，作者也深感困惑，所以这篇作品就命名为《厚脸皮》吧。反正我的脸皮本来就很厚。

在稿纸上写了大大的“厚脸皮”后，心情多少也稳定下来了。

如果把太宰治短暂的“安定期”看成是他一九三九年再婚之后，因生活美满而与生活妥协的结果，固然无可厚非；不过，如果用一个更广大的视野来审视，读者不难发现：一九四〇至一九四四年，正是整个“日本帝国”有史以来最狂飙也最挫败的时期。此时中日战争迈向中途，太平洋战争揭开序幕，日本充满自信地闯向一个以鲜血燃祭樱花的狂热荒原，试图以征服全世界来否证其边缘人的岛国神话与历史。反而是在这场充满虚浮野心与顿挫悲情的战争之中，太宰治的理情特质遂以彰显。换言之，一个精神状态趋近于无休止之自苦自毁的作家，反而在疯狂的氛围中获得了和“时代脉动”一致的、形式上的稳定。所以我们会在《永别》这篇小说中读到如下叙述：

不过，我介绍以上三封信，绝非为了构思《永别》这篇小说。起初我的意图只有一个，我想写收到最后一封信时的感动。

您好吗?

从遥远的天空问候您。

我平安抵达任务地点。

请为伟大的文学而死。

我也即将赴死,

为了这场战争。

然而,太宰治心目中“大东亚战争”的目的显然并非浮浅的胜利而已,“太平洋战争”还包藏了和文学救赎动作一样非常“真理中心(logocentric)”的自证——那就是选择毁灭的深层意识。太宰治虚无消沉的一生始终浸沉在某种叛离旧价值的憧憬之中,他一次又一次地以“后设小说(Meta-fiction)”的俏皮努力揭露着文学作品不可救药的媚俗性(哪怕是非常晦涩的现代主义作品亦然),但是这种叛离依然十分吊诡地落入了大和民族的另一个根深蒂固的旧传统之中——樱花总是在灿烂的巅峰乍然凋落,太宰治也总是迫不及待地要结束自己的生命。从这里我们可以窥见，为什么他会在《新郎》这篇小说中说：

我想搭这辆马车去银座八丁逛逛。我想穿着鹤丸（我家的家徽是鹤丸）的家徽和服、仙台平的裙裤、白足袋，以这身打扮悠哉坐着这辆马车去逛银座八丁。

啊，最近我每天都以新郎的心态在过日子。

在《新郎》的结语之后，太宰治写道："本文写于昭和十六年（一九四一年）十二月八日。这天早上听到日本和英美正式开战的报道。"或许，太宰治在这年十一月因通不过征兵体检而免役的遭遇，恰恰使他益发体认了文学救赎之无效性与欺罔性，也恰恰催迫他更进一步迈向写作，他越写下去，就越证实了"向往民众"之苍白乏力，也就越能用理性挞伐（亦控制）自己，越挞伐自己，也就越适用"新郎的心态"来反讽着精神趋近毁灭的无奈和空虚。

太宰治，原名津岛修治，生于一九〇九年，死于一九四八年。《小说灯笼》是这位作家颠覆其个人与现代文学的一部挽歌，他和他的读者都会以黑塞那样“失落的一代”所惯有的“轻微的喜悦”来阅读这种自我挞伐的深邃理性和深邃疯狂。

辑三 独白

辑四 人间

目录

辑一

喧哗

生活安乐时，作绝望之诗；失意受挫时，写生之欢愉。

小说灯笼[1]

其一

八年前过世的那位知名西画大师入江新之助，他的遗族每个都有点怪。也不能说他们另类，或许那样的生活方式才算正常，反倒我们一般家庭是奇怪的。总之入江家的气氛，和寻常人家有些不同。很久以前，我从入江家的氛围中得到灵感，写了一部短篇小说。我不是受欢迎的畅销

1.“ろまん灯笼”原意为“浪漫灯笼”，但早期译名“小说灯笼”已广为人知，为避免误解，本书沿用此译名。

作家，因此我的作品无法立即刊登在杂志上，所以这篇短篇小说也一直收在抽屉里。此外我还有三四篇好酒沉瓮底的压箱之作，去年初春一起汇集成单行本出版了。虽是一本寒酸的作品集，但都是我颇为钟爱的作品，因为这些作品是以一种带着甜蜜、不含任何野心，而且非常开心的心情写出来的。所谓“力作”总显得些许僵硬刻意，连作者自己重读都觉得讨厌的作品，但轻松的小品文就没有这种问题。然而一如往常，这本作品集也卖得不太好，但我没有为此抱憾，反倒为销路不佳感到欣喜，因为我虽然钟爱这些作品，但也不认为这些作品的内容质量是最好的。它们禁不起冷峻严苛的鉴赏，亦即所谓的散漫之作。不过作者本身的钟爱又是另一回事。我不时会悄悄地把这本甜蜜的作品集摊在桌上阅读。而这本作品集中，最轻薄也是我最钟爱的作品，即是开头提及，以入江新之助遗族为灵感的短篇小说。虽然是轻薄不成熟的小说，我却莫名地难以忘怀。

入江家有五个兄弟姐妹，大家都喜欢爱情小说。

长男二十九岁，法学学士。与人接触时，有略显高傲自大的毛病，但这是为了掩饰自己怯懦的凶恶假面，其实他是个软弱且非常善良的人。他和弟妹一起去看电影时，尽管嘴巴嚷着这部电影很烂、愚蠢之至，但被电影里武士的人情义理所撼，第一个流泪的也总是这位长兄。屡试不爽。走出电影院，他却又立刻摆出一副骄傲忍怒的不悦神情，而且不发一语。他曾毫无踌躇地宣告，自己出生至今从未撒谎。虽然有待商榷，但他确实有刚直洁白的一面。学校成绩不太好，毕业后没出去工作，待在家里守护一家人。他研究易卜生，最近重读《玩偶之家》又有了重大发现。他发现那时娜拉恋爱了，爱上了阮克医生。这令他相当兴奋，因此把弟妹叫了过来，向他们阐述自己的心得。他大声疾呼，努力说明，却徒劳无功，因为弟妹们只是侧首不解地笑了笑，丝毫不见兴奋之色。其实弟妹们根本瞧不起这个长兄，压根儿不把他当一回事。

长女，二十六岁，至今未嫁，在铁路局上班。法文很好。身高五尺三寸[1]，身材瘦削，被弟妹们戏称为马。头发

1. 约为 177 厘米。

剪得很短，戴着圆框眼镜。她心胸开阔，能够和任何人立刻成为朋友，全心全意地付出，然后被抛弃。这是她的兴趣。因为她很喜欢悄悄地享受忧愁与寂寥。不过有一次，她爱上同一科的年轻男同事，一如过往也遭到抛弃，唯有这次令她万分沮丧。在同一间办公室见了面又很尴尬，于是她谎称肺部不适，还睡了一星期。后来在脖子上缠上纱布，拼命咳嗽，去看了医生，照了 X 光，做精密检查后，医生夸她肺脏强健乃世上罕见。她真的很爱阅读文学作品，阅读量也很惊人，而且类型囊括东洋西洋。因为读得多，自己也偷偷写了一点，藏在书柜右边的抽屉里。这些堆放成叠的作品上方摆了一张纸，上面写着“在我逝世两年后发表”。但“两年后”有时改成“十年后”或“两个月后”，有时甚至改成“一百年后”。

次男，二十四岁，是个俗物。就读于帝大[1]医学系，但很少去上学，因为身体羸弱，是个不折不扣的病人。他有一张俊美到令人惊艳的脸，生性吝啬。当长兄被骗，以

1. 帝大：“帝国大学”的简称。一八八六至一九三九年，日本在其本土及侵略占领地区设立了九所帝国大学，这几所大学均是所在地区的最高学府。“二战”后这些大学均进行了更名，移除了“帝国”二字。

五十圆[1]买下据说是法国散文家蒙田用过，但平平无奇的旧球拍，得意扬扬回家之际，他却暗自愤怒过度而发了高烧。这场高烧，把他的肾脏烧出毛病。他对任何人都面露轻蔑。当别人发表意见时，他就发出犹如天狗般、极度不愉快的笑声。他只崇拜歌德一人，但似乎不是佩服歌德的朴实诗风，而疑似是倾心于歌德的高阶官位。不过，兄弟姐妹一起比赛即兴作诗时，他总是拔得头筹，真的不容小觑。虽说是俗物，但对所谓的热情却能客观地掌握。要是他有心努力，或许能成为二流作家。譬如家里的那个跛脚女佣阿里，就被他迷得神魂颠倒。

次女，二十一岁，是个自恋狂。某家报社征选日本小姐时，她想毛遂自荐，很想大声呐喊我要参选。经过三夜反复煎熬地思考，发现自己的身高不够，因此打消念头。在兄弟姐妹里，她长得特别矮小，只有四尺七寸[2]，不过长得并不丑，算是漂亮。她常在深夜，裸身面对镜子，露出

1. 圆：日本货币单位，一八七一至一九四六年流通的货币上均使用“圆”字。后被日文汉字“円”正式取代。此文写作时期一圆的购买力是现在一日元的几百甚至上千倍。

2. 约为 157 厘米。

可爱的微笑；以丝瓜露涤洗白皙丰腴的双腿，并俯身亲吻脚趾，陶醉地闭上双眼。有一次，鼻尖长出如针头般的细小痘子，她甚至忧郁得想自杀。她阅读的书籍有固定的风格，常去二手书店找明治初期的《佳人奇遇》或《经国美谈》之类的书，回家独自一人徜徉在书海里，不时窃窃低笑。她喜欢读黑岩泪香或森田思轩等人的译作，也不知从哪里搜集了很多不知名的同人杂志，一边认真地阅读，一边说“真好看，写得太棒了”，从头到尾一字不漏地拜读。其实她私下最爱的是泉镜花[1]。

幺弟，十八岁，今年刚进一高[2]，念的是理科甲组。进了高等学校后，他的态度骤变。看在兄姐眼里，觉得很可笑。不过这个幺弟却一本正经，家里任何琐碎纠纷，他都要出面插手，又没有人拜托他，他却依旧“深思熟虑地”妄行审判，搞得全家人都吃不消，对这个幺弟敬而远之。幺弟对此相当不满。大姐不忍见他闷闷不乐，做了一

---

1. 泉镜花（一八七三—一九三九）：原名镜太郎，跨越明治、大正、昭和三个时代的日本著名作家。

2. 一高：旧制第一高等学校的简称，现在是东京大学教养学部的一部分。

首和歌给他，意思是独自假装成熟模样，却没人把他视作成人，委实可怜。以这首和歌安慰了幺弟怀才不遇的落寞。因为他长得像小熊般可爱，兄姐们过于溺爱，也使得他有些轻狂。他爱读侦探小说，也常常独自在房里玩变装游戏。说要学习外文，买了柯南·道尔的英日对照小说回来，却只读日文部分。他还自认为在兄弟姐妹里，真正关心家里的只有自己，暗自感到悲壮。

以上是这篇小说的开头，然后用一些小事件展开剧情，形成整篇小说的结构。然而前面也提过，这原本就是一篇无聊的作品。说到我的钟爱，比起作品本身，我更钟爱作品中的家庭。我喜欢这个家庭，而这个家庭也确实存在，因此这篇小说是描写已故入江新之助的遗族，然而内容未必如实叙述。说得夸张一点，我自己说来也有些惊慌，其实我是将诗与事实以外的东西，适度加以整理叙述。有些地方，甚至夹杂着肆意杜撰，但整体上算是描写了入江家的情况。纵使有“一毛”的差异，但有“九牛”算是真实。在这篇小说里，我原本只写那五个兄弟姐妹与慈祥聪明的母亲，关于祖父及祖母的事，基于作品结构之故，纵使百般失礼也只能割爱。这确实是不当的处置。既然写的是入江家，却排除了祖父母，再怎么说都完整性不足。因此，现在我想谈谈这两个人。在那之前，我必须声明一件事，接下来我谈的所有事情，并非入江家现在的样貌，而是四年前我写这篇小说时入江家的氛围。现在的入江家已有些不同，有人结婚了，甚至有人过世了。与四年前相比，气氛也显得有些灰暗。现在我也无法像以前那样，无拘无束地去入江家玩。因为那五个兄弟姐妹，还有我，大家都长大成人，变得彬彬有礼、疏离冷淡，也就是所谓“社会人士”的模样，即使偶尔见了面，也变得索然无趣。坦白说，我对现在的入江家不太感兴趣。要写的话，我想写四年前的入江家。因此，我所叙述的也是四年前入江家的样貌。现在已稍微不同往昔。说完这点声明，接着来谈谈四年前的祖父——他似乎整天无所事事都在玩。倘若入江家有非比寻常的浪漫血统，可能来自这位祖父。他已年过八旬，每天都好像有什么事，从曲町的自家后门溜出去，动作十分敏捷。这位祖父于壮年时期，曾在横滨经营规模颇大的贸易公司。他儿子新之助刚进美术学校时，他不仅丝毫不反对，反而向周遭的人夸耀。他就是如此气度恢宏的豪杰。纵使退休后，他也在家里待不住，总是趁家人不注意，一溜烟就从后门溜出去。快步走了两三百米，回头确定家人没有跟上来，便从怀里掏出鸭舌帽戴在后脑勺，帽檐微微朝上。这是一顶帅气的格纹猎帽，虽然很旧了，但不戴这顶帽子就没有散步的感觉，因此他已经戴了四十年。戴上这顶帽子去银座，走进资生堂餐厅，点一杯巧克力，便在那里耗上一两个小时。东张西望，环顾四周，若看到以前商场上的朋友带年轻艺伎来，他绝不放过，立刻大声叫唤，硬要人家坐到他这桌来，然后气定神闲地出言挖苦。这是他难以压抑的乐趣。回家时，一定会为家人带点小礼物。毕竟有些心虚。

最近，他又开始明显地讨好家人，发明了勋章。他在墨西哥银币上钻孔，然后用红丝线穿过洞孔，做成一枚勋章，将这个勋章颁赠给一周内对家里最有贡献的人。但家人都不太想要这枚勋章。因为得到这枚勋章后，接下来一星期，在家时一定要把勋章挂在胸前，大家都觉得很为难。母亲很孝顺公公，因此获赠这枚勋章。虽然母亲拿到时也露出感激之意，却也只挂在腰带上，而且是挑最不起眼的地方。这枚勋章是祖父晚酌时，由于母亲多给了他一瓶啤酒，不容分说地当场被迫收下。长子的个性拘谨正经，偶尔陪祖父去看戏被视为有功，便无意中获得勋章，他也能满不在乎，乖乖地在胸前挂上一星期。长女和次男都对勋章避之唯恐不及。长女坚称自己没资格拿这枚勋章，机巧地逃掉了。次男将勋章收进自己的抽屉里，甚至谎称遗失。祖父立即看出次男在说谎，命令次女去搜索次男的房间。次女运气不佳，竟找到了勋章，接下来变成次女获赠勋章。祖父特别偏爱这个次女，纵使她是全家最高傲自大的人，也没有丝毫功劳，但祖父依然动不动就颁勋章给她。次女拿到勋章大多放在钱包里，但祖父也不计较，只给次女这项特权，说不挂在胸前也无所谓。全家大小只有幺弟想得到这枚勋章。即便如此，当他把勋章挂在胸前时，也感到难为情、忐忑不安，但若勋章被取下来交给别人时，他又感到些许落寞。有一次，他甚至趁次女不在，偷偷溜进她的房间找出钱包，眷恋地望着里面的勋章。祖母从未获颁这枚勋章，因为她打从一开始便断然拒绝，是个非常干脆利落的人。她说这种东西太蠢了。

祖母极度疼爱幺弟。有一阵子，幺弟开始研究催眠术，拿家人当实验对象，但无论对祖父、母亲、兄姐们施展催眠术，大伙儿都了无睡意，每个人眼睛都睁得大大的，到头只惹来一场哄堂大笑。幺弟泫然欲泣，冷汗直流。最后对祖母施展催眠术时，竟然立刻奏效。祖母坐在椅子上打起盹儿来，慢慢地睡着了。催眠者以严肃的口气问问题，她也天真地回答。

“奶奶，你看得见花吧？”

“看得见，好漂亮哪。”

“那是什么花呢？”

“是莲花哟。”

“奶奶，你最喜欢的是什么呢？”

“是你呀。”催眠者兴奋了起来。

“你指的是谁呢？”

“就是和夫呀（幺弟的名字）。”

在一旁看的家人不由得哑然失笑，祖母也因此醒了过来。即便如此，也算顾全了催眠者的颜面，因为至少祖母被成功催眠了。可是后来正经八百的长兄，私下忧心地问祖母：“奶奶，你真的被催眠了吗？”祖母先是哼笑一声，然后低声说：“怎么可能。”

以上是入江家成员大致的素描。我想再介绍得详细点，但现在我更想以连作的创作方式，将这家人的故事写成一部相当长的“小说”。前面也提过，入江家的兄弟姐妹多少都有些文艺嗜好，他们有时也会联手创作故事。尤其在阴霾的星期天，五个兄弟姐妹聚在客厅觉得无聊时，在长兄的提议下便开始玩联手创作游戏。首先由一个人随性举出登场人物，然后依序编造这些人物的命运与情节内容，就这样创作出一篇故事。若是轻易就能结束的故事，当场便一个接一个“用说的”完成；但若开头便是耐人寻味的故事，大家就会慎重其事，轮流“写”在稿纸上。如此五人合力创作的“小说”，至少也有四五篇了。有时祖父、祖母、母亲也会来帮忙，这次稍微偏长的作品，果然也有祖父、祖母、母亲的参与。

其二

幺弟明明没什么本事，但总爱抢着第一个说故事，然后几乎每次都失败。但他并不气馁，总是干劲十足地认为这次一定会成功。年假连续五天假期，他们觉得有些无聊，又开始玩起“故事接龙”的游戏。此时幺弟也是打头阵说：“让我先来吧！”兄姐们已经习惯，因此也笑笑地让给他。这是今年第一个故事，为了慎重起见，决定好好写在稿纸上，依序传下去。截稿是翌日早晨，每个人都有一天的时间可以仔细思考书写。第五天晚上，或第六天早晨，要完成一篇故事。在这五天里，五个兄弟姐妹都有些紧张，也感受到些许生存的意义。

幺弟照例说要打头阵，于是兄姐们答应让他写故事的开头，但其实他毫无腹稿。或许是情绪陷入低潮，怎么写都写不出来，后悔不该抢做先锋。元月一日大过年，兄姐们都各自出门玩乐，祖父当然也一早就穿着燕尾服不知去向，唯有祖母和母亲留在家里。幺弟待在自己的书房，一直在削铅笔，搜肠刮肚，怎么样都写不出来，急得都快哭了。最后穷途末路，竟心怀不轨想要剽窃。他认为除此之外别无他法。带着做坏事的紧张心情，快速浏览了《安徒生童话》《格林童话》以及福尔摩斯的冒险故事，从这里抄一点、那里抄一点，终于拼凑出一个故事。

很久以前，在北国的森林里，住着一个恐怖的老女巫。她是个长相奇丑无比，又心狠手辣的老太婆，唯独对她的独生女乐佩[1]温柔体贴，每天都用金梳子为她梳理头发，疼爱有加。乐佩是个美丽又活泼的女孩。但从十四岁起，她已不再对老女巫唯命是从，有时甚至反过来斥骂她。尽管如此，老女巫还是很疼爱乐佩，只是笑一笑，一副无可奈何的模样。森林里的树木在秋风吹拂下，落叶飘零，枝干渐秃，老女巫家也到了准备过冬之际，一个美好的“猎物”迷路走进了这

1. 取自《格林童话》里的《莴苣姑娘》。

座魔法森林。那是个骑马的英俊王子，迷路走进了黄昏的森林里。他是这个国家十六岁的王子，酷爱打猎，与随从们走散了，认不得归途。王子的黄金铠甲，在微暗森林中散发出火炬般的光芒。老女巫当然看到了。她像一阵风飞出家里，立刻将王子从马背上拖下来。

“这位少爷真是肥嫩啊，皮肤居然如此白皙，八成是吃核桃才长得这么肥吧！”老女巫垂涎欲滴地说。她长着又长又硬的髭须，眉毛也长到盖住了上眼睑。“简直像一只肥嫩的小羊啊。不晓得味道如何。用盐把他腌渍起来过冬最好了！”正当她龇牙咧嘴地笑着拔出短刀，对准王子白皙的喉咙之际——

“啊！”老女巫忽然尖叫一声。原来是女儿乐佩扑向她的背，使劲咬住她的耳朵不放。

“是乐佩啊，你就饶了我吧。”老女巫疼爱女儿，所以一点也不生气，硬是赔上笑脸讨饶。乐佩摇着老女巫的背，闹别扭般撒娇地说：

“我要他陪我玩。把这个漂亮的孩子给我。”乐佩在娇生惯养中长大，个性非常倔强，话一出口绝不让步。于是老女巫心想，就迟个一晚再杀王子来腌渍也不迟，现在先忍耐一下。

“好好好，就给你吧。今晚我会盛宴款待你的客人。但是到了明天，你要把他还给我啊。”

乐佩点头应允。这晚，王子在魔法之家备受礼遇，但却吓得魂不附体。晚餐的佳肴有串烤青蛙，塞满幼儿小指头的蝮蛇皮，用豹斑鹅膏[1]和鼷鼠的湿黏鼻子与青虫的五脏做的色拉。饮料则是沼泽女人用水绵藻酿的酒，还有从墓穴里舀出来的硝酸酒。饭后点心是生锈的铁钉和教堂窗户的玻璃碎片。王子光看就恶心，每一道菜都不敢碰，但老女巫和乐佩却吃得津津有味，频频赞叹真好吃真好吃。因为每一道菜都是这个家的珍馔美食。吃完饭，乐佩牵起王子的手步入自己的房间。乐佩的身高和王子差不多。进入房间后，乐佩搂着王子的肩，端详他的脸，悄声地说：

“只要你不讨厌我，我就不会让别人杀死你。你是王子吧？”乐佩的秀发，多亏老女巫每天细心梳理，散发出黄金丝线般的璀璨光芒，发丝柔长直达脚边；脸蛋丰腴仿若天使，

1. 豹斑鹅膏：含有剧毒的蘑菇。

像一朵黄玫瑰；嘴唇则鲜红有如小草莓；瞳眸漆黑清澄，漾着无名的悲伤。王子从未见过如此美丽的女孩，霎时惊为天人。

“是的。”王子低声应道，心情松缓后不禁悲中从来，潸然泪下。

乐佩漆黑清澄的眼眸凝视王子片刻后，轻轻点头说：

“就算你讨厌我了，我也不会让别人杀死你。到时候，我会亲自杀了你。”说完自己也哭了起来，但随后又忽然放声大笑，以手背拭去泪水，也为王子拭泪，然后神采奕奕地说，“今晚你和我一起，到我的小动物房间睡觉吧。”语毕，便带着王子到隔壁寝室。那里铺着稻草与毛毯。抬头一看，上百只鸽子停在屋梁或栖木上。大伙儿似乎都睡了，但两人一走近，鸽群稍微动了一下。

“这些全部都是我的。”乐佩说完，立即抓住旁边一只鸽子，掐着鸽子的脚甩来甩去。鸽子惊慌失措，猛振翅膀。“给我吻他！”乐佩尖声大吼，将鸽子甩上王子的脸。

“那边的乌鸦，是森林里的流氓。”说着，她以下颌指向房间一隅的大竹笼，“一共有十只，因为是流氓，一定要关在竹笼里，不然它们会立刻飞走。还有，这边这个是我的老朋友，贝贝。”乐佩说着，抓起一头鹿的角，硬是把它从房间角落里拉出来。这头鹿的脖子上套着铜环，还以粗重的铁链绑着。“这家伙也确实要用铁链绑着，不然也会逃离这里。为什么大家都不愿意待在这里呢？唉，算了。我每天晚上都用刀子，帮贝贝的脖子搔痒。可是它总是很害怕，还会挣扎呢。”乐佩说着，从墙壁裂缝取出一把闪亮亮的长刀，轻轻地在鹿的脖子上来回搔刷。真可怜，鹿扭着身子一副很痛苦的模样，冷汗直冒。乐佩看了纵声大笑。

“你睡觉的时候，也把这把刀子放在身边吗？”王子有些害怕，悄声问。

“对啊，我都抱着刀子睡觉。”乐佩泰然自若地答道，“以防万一嘛。不谈这个了，快点睡觉吧。我倒是很想知道，你怎么会迷路走进这座森林里？说给我听吧。”两人并排躺在稻草上，王子支支吾吾地谈起误入魔法森林的事。

“你和那些随从分开，会不会寂寞？”

“很寂寞。”

“那你想回城堡吗？”

“想啊，我很想回去。”

“我讨厌这种哭丧着脸的孩子！”乐佩说着霍然起身，“你应该高兴才对吧。这里有两片面包和一块火腿，路上饿了就吃吧。你还在磨蹭什么呢？”

王子听了开心地跳起来。乐佩宛若母亲般沉着地说：

“啊，穿上这双毛长靴吧，送给你。路上很冷，我不希望你受冻。还有，这是我老妈的露指大手套，来，你戴戴看。哎呀！光看手的话，简直跟我那脏兮兮的老妈没两样。”

王子流下感激之泪。乐佩接着把鹿拉出来，解开锁链。

“贝贝，可以的话，我很想用刀子帮你搔更多痒，因为真的很好玩。不过算了，现在这些都无所谓了，我要放你走。你带这个孩子回城堡去，这孩子说他想回去，所以你们就走吧。只有你能跑得比我老妈快了，拜托了！”

王子骑上鹿背。

“谢谢你，乐佩。我不会忘记你。”

“这种事无所谓。贝贝，走吧，快跑！把背上的客人摔下来，我可不饶你。”

“再见。”

“好，再见。”乐佩哭了出来。鹿在黑暗里飞奔如箭，越过草丛，穿过森林，径直渡过湖水，头也不回飞奔在狼嚎鸟啼的荒野上，这时传来烟火燃烧般的疾驰声。

“不可以回头。老女巫追来了。”鹿边跑边对王子说，“放心吧，只有流星跑得比我快。不过，你可不能忘记乐佩的好心。她个性好强，却是个寂寞的孩子。好，已经抵达城堡了。”

王子带着恍若置身梦境的心情，站在城堡的大门前。可怜的乐佩，老女巫这次真的火冒三丈，因为乐佩竟放走了宝贝猎物。任性也该有个限度。因此她把乐佩关在森林深处的漆黑塔里。这座塔没有门，也没有楼梯，只有塔顶的房间有一扇小窗。乐佩就这样日夜生活在这个塔顶房间里。可怜的乐佩。一年过去，两年过去，昏暗的房间里，无人知晓乐佩变得愈来愈美了，出落得沉鱼落雁，变成思虑成熟的女孩。她对王子的事，片刻不曾忘怀。因为太寂寞了，她也会对着星星月亮唱歌。歌声如泣如诉，满怀忧伤，连森林里的树木鸟儿听了都伤心落泪，月亮也蒙上淡淡的哀愁。老女巫每个月会来探视一次，留下食物和衣服。毕竟她还是疼爱乐佩的，不忍让乐佩饿死在塔里。老女巫有魔法翅膀，可以自由进出塔顶的房间。三年过去，四年过去，乐佩也十八岁了。在昏暗的房间里，她不知道自己美得灿烂夺目，也没察觉到自己散发出迷人的馨香。这年秋天，王子外出狩猎，又迷失在魔法森林里，忽然听到悲戚的歌声。由于歌声扣人心弦，王子的魂魄都被夺走了，不知不觉走到了塔下。那不是乐佩吗？王子绝对没有忘记四年前的美丽女孩。

“让我看看你的脸！”王子用力大喊，“别唱悲伤的歌了！”

乐佩从塔上小窗探出头来回答：“说这话的人是谁？悲伤的人，唯有悲伤的歌是救赎。不懂别人的悲伤在那边乱说什么。”

“啊，是乐佩！”王子欣喜若狂，“请你想起我！”

乐佩霎时脸色苍白，随之又满脸通红。但依然还有些许幼时好强的个性，因此她尽可能以冷漠的语气回答：

“乐佩？她四年前就死了！”说完纵声大笑，但吸了一口气后又很想哭，激烈的呜咽取代了笑声。

那女孩的秀发是黄金桥。

那女孩的秀发是彩虹桥。

森林里的鸟儿齐声欢唱奇妙的歌。即使正在哭泣的乐佩也听见了这首歌，霎时脑海里也会浮现出美妙的灵感。乐佩将自己美丽的长发在左手绕了两三圈，右手拿起剪刀。如今乐佩的美丽金发，已经长到地板，她却毫不吝惜地“咔嚓、咔嚓”剪下长发，将它编成一条长长的发绳。这是太阳底下最美的绳子。她将发绳的一端牢固地绑在窗台上，自己则沿着这条美丽的金色发绳下到地面。

“乐佩……”王子低声呢喃，陶醉地看得入神。

乐佩双脚着地后，忽然变得怯生生的，不发一语，只是轻轻将自己白皙的手，放在王子手上。

“乐佩，这次轮到我来救你了。不，请让我终生当你的护花使者。”

王子已经二十岁，看起来非常可靠。乐佩嫣然一笑，默默点头。两人趁老女巫尚未发觉之际，迅速逃离森林，急如星火横越荒野，终于平安抵达城堡。城堡上下欢欣鼓舞迎接他们。

幺弟煞费苦心地东拼西凑，好不容易写到这里，却很不高兴。因为他失败了。这样根本不是故事的开头，连结尾都写完了，显然又要被兄姐们嘲笑了。幺弟暗自苦思，为此大伤脑筋。然而天色已暗，外出游玩的兄姐们似乎也回来了，客厅里传来众人的欢笑声。“我是孤独的。”难以言喻的寂寥袭上幺弟心头。此时，救星出现了，是祖母。祖母觉得这个整天关在书房的幺弟很可怜。

“又开始。写得顺利吗？”祖母来到幺弟的书房说。

“走开！”幺弟不耐烦地赶人。

“又挫败了啊？你明明就不太会写，不该参加这种愚蠢的比赛。看吧，结果搞得这种下场。”

“我哪知道啊！”

“哎哟，哭什么嘛，真是傻孩子。给我看看。”祖母从腰间取出老花眼镜，小声地读起幺弟写的童话。读着读着，呵呵笑了起来。

“哎呀，你这孩子真早熟，居然知道这么多事情。有意思。你写得很好呀。不过，这样就接不下去了吧。”

“就是啊。”

“你很伤脑筋吧？换作我的话，我会这么写：‘城堡上下欢欣鼓舞迎接他们。不过，接下来又发生一连串的不幸。’怎么样？毕竟女巫的女儿和王子的身份太过悬殊。不管他们如何相爱，终究不会有好结局。这门亲事本来就不会幸福。你觉得如何？”祖母说完还用食指戳戳幺弟的肩。

“这点小事我也知道！你走开！我有我的想法。”

“哦，这样啊。”祖母说得气定神闲，她对幺弟的想法了若指掌，“那你就赶快把后面写一写，写完到客厅来。你饿了吧？快来吃年糕汤，然后玩纸牌不是很好吗？这种比赛无聊透了。剩下交给你大姐写就好了，她很会写这个。”

把祖母赶出去后，幺弟慎重其事地补上所谓“自己的想法”。

“不过，接下来又发生一连串的不幸。女巫的女儿和一国的王子，身份太过悬殊。接下来会发生不幸。后续就拜托大姐了，请善待乐佩。”

幺弟照祖母说的写下这一段，总算松了一口气。

其三

今天是第二天。全家一起吃完年糕汤，长女立即回到自己的书房。今天她穿着纯白羊毛衣，胸前别了一朵小小的黄色人造玫瑰，以轻松的姿势坐在书桌前，然后摘下眼镜，笑眯眯地用手帕擦拭镜片。擦完之后又戴上眼镜，极为夸张地眨眨眼睛，表情忽然变得一本正经，然后调整坐姿，手托香腮沉思了起来。不久后，她拿起钢笔开始写起来。

真正的故事，总是始于恋爱舞会结束后。当有情人终成眷属时，一般电影就会出现“The End”的字幕，但我们总是很想知道，接下来两人过着什么样的生活。人生绝非一连串兴奋的舞会，大多生活在无趣扫兴的宿命里。我们的王子和乐佩，只在小时候见过一面，便感到难分难舍，却又立即分开了，彼此都不曾忘记相处的时光，接着好不容易才以成人之姿再度重逢，但这个故事绝不会就此结束。反倒是往后的生活，才是必须交代的事。王子和乐佩手牵手逃离魔法森林，一路上不吃不喝，始终默默无言，夜以继日在辽阔荒野奔逃，终于抵达城堡。但是，接下来才更辛苦。

王子和乐佩都已筋疲力尽，可是连喘口气的时间也没有，国王、王后，还有臣子们见王子平安归来，欣喜万分，立即纷纷询问这次冒险的事，也终于明白低头站在王子背后的绝色美女，就是四年前拯救王子的恩人，因此城堡里更是欢天喜地。他们让乐佩洗了香水澡，换上轻盈美丽的衣服，然后让她睡在一张几乎全身都会陷进去的厚软床上。乐佩几乎连鼻息声都没有，睡得香沉。睡了很久很久，终于像熟透的无花果自然离枝落地般醒来，睁开饱眠的双眼一看，已然恢复元气的王子一身盛装站在枕边，对她微笑。乐佩霎时感到难为情。

“我要回家。我的衣服在哪里？”她稍微起身说。

“你好傻。”王子气定神闲地说，“衣服不是穿在你身上吗？”

“不是这个，我要我在塔里穿的衣服。把衣服还给我。那是我母亲搜集上好布料帮我缝制的衣服哟。”

“你真傻呀。”王子再度气定神闲地说，“你已经开始想家了啊？”

乐佩不由得用力点头，忽然一阵心酸，放声哭泣。她并非因为离开母亲，来到这个陌生城堡而感到寂寞。这件事她早有心理准备，更何况母亲也不是什么好母亲，况且就算是好母亲，女孩子一旦有了心爱的人，纵使要离开所有的亲人也在所不惜，根本不会寂寞。乐佩之所以哭泣，并非寂寞想家，想必是因为丢脸又懊恼吧。拼命逃到这座城堡来，穿上如此高贵的华服，睡在如此柔软的锦褥里，沉睡到不省人事，醒来之后冷静一想才发现，我不配这种身份，我是卑贱女巫的女儿。当她清楚明白了这件事，觉得很不堪，不仅羞愧交加，甚至感到严重的屈辱，才会唐突地说要回去吧。看来乐佩依然保有儿时好胜的倔强脾气。然而，养尊处优的王子无法理解这种事，看到乐佩忽然哭泣深感困惑，却也只能擅下判断。

“你可能还很累，肚子也饿了吧，总之我先叫人准备吃的。”王子低声说罢，便慌张地走出房间。

不久，来了五位侍女，再度服侍乐佩洗香水澡，为她穿上比先前更重的鲜红礼服，脸和手都施上淡妆，并极为熟练地为她梳理稍微偏短的金发，最后缓缓地为她戴上珍珠项链。当整装完毕，乐佩站起来时，五位侍女同时发出惊艳的叹息。从未见过如此高贵美丽的公主，想必今后也不会再有第二人了吧。

乐佩被带到餐厅。国王、王后和王子，三个人都神情愉悦地站在那里。

“哦，真美啊。”国王张开双臂迎接乐佩。

“真的好美。”王后也满意地颔首。国王与王后都是慈祥和蔼、毫不傲慢，而且非常温柔的人。

乐佩稍显落寞地微笑致意。

“过来坐，坐在这里。”王子立即执起乐佩的手，领她坐下，自己也坐在乐佩旁边，表情得意得可笑。

国王和王后也轻笑入座。不久，温馨的用餐时间开始，唯独乐佩一人不知所措。看着端上来一道道的佳肴，不知道怎么吃才好，完全没有头绪，只能频频偷看身旁的王子，悄悄模仿他的手势。但即便将食物送进嘴里，也只觉得怪异恶心，毕竟乐佩只吃过老女巫做的青虫五脏色拉和红烧蛆虫之类的菜。对乐佩来说，这一桌顶级的山珍海味，唯有鸡蛋料理觉得好吃，但仍比不上森林里的乌鸦蛋美味。

用餐时，话题很丰富。王子谈起四年前的恐怖经历，也骄傲于这次的冒险。国王一句句都听得很感动，每当他深深点头就会举杯喝酒，最后酩酊大醉，王后只好扶他去别的房间休息。剩下王子和乐佩两人之后，乐佩低声说：

“我想去外面透透气，总觉得胸口很闷。”乐佩脸色苍白。

王子因为太高兴了，因此疏忽了乐佩的痛苦。人在幸福之际，通常不会留意到别人的苦楚。他看到乐佩脸色苍白，竟也毫不担心。

“你吃太多了，去院子走走，马上就会好起来的。”他说得相当轻松，起身走向外面。

外面天气很好。秋天已到中旬，但这座庭院依然繁花似锦，姹紫嫣红。乐佩看到眼前美景，终于展露笑容。

“现在舒爽多了。因为城堡里很暗，我还以为是晚上呢。”

“怎么会是晚上。你从昨天白天一直睡到今天早上，睡得很熟呢。连鼻息声都没有，睡得很沉，我还担心你是不是死掉了。”

“要是森林的女孩在那时候死了，醒来之后变成优雅的公主该有多好。可是我醒来以后，依然是女巫的女儿。”乐佩这话是真心感到遗憾，但王子以为是乐佩在开玩笑，不禁放声大笑。

“这样啊，原来是这样啊，这还真可怜啊。”说完又大笑。

不知道是什么花，散发着强烈香气的小白花，从荆棘堆里绽放出来，王子见状忽然停下脚步，眼神变得十分正经，然后用力将乐佩拥进怀里，力道之强都快把乐佩全身的骨头压碎了，接着又做出疯子般的意外举动。乐佩拼命忍耐。这不是第一次，从森林里逃到荒野，日夜不眠不休赶路时，也发生过三次这种事。

“你不会离开我吧？”王子稍微冷静后，与乐佩开始并肩漫步时低声问。两人离开白花绽放的荆棘处，走向水莲盛开的小沼泽。乐佩不知为何忽然扑哧一笑。

“你在笑什么？”王子凝视着乐佩的脸问，“有什么好笑的？”

“对不起。我看你一本正经的样子，不由得笑了出来。事到如今，我能去哪里呢？我在那座塔里，等了你四年。”来到沼泽边，这回乐佩却很想哭，瘫软地坐在岸边的青草上，抬头望着王子说，“国王和王后都答应了吗？”

“当然答应了。”王子再度恢复以前无拘无束的笑容，在乐佩旁边坐下，“你是我的救命恩人呀。”

乐佩将脸伏在王子膝上啜泣。

几天后，城堡举行了豪华婚礼。这晚的新娘，仿如失去羽翼的天使般令人爱怜。王子对这朵养育失当的野玫瑰格外珍惜。两人生活了一两个月后，乐佩古怪的思考、近乎暴行的活泼举止、毫不畏惧的勇气与幼儿般无知的提问，让王子感到极具魅力，爱她爱到难以自拔。寒冬过去，日子也一天天暖和起来，庭院里花期较早的花朵，也到了即将绽放的时候，两人缓缓地并肩漫步在院子里，此时乐佩已身怀六甲。

“真奇妙，真的很不可思议。”

“看来你又有疑问了啊。”王子也已二十一岁，稍微成熟了点，“我倒是很想听听看，这回又有什么疑问。上次你问神明在哪里，真是了不起的问题哪。”

乐佩低头窃笑，然后说：“我是女人吧？”

这个问题令王子不知如何回答，只好装模作样地说：“至少不是男人。”

“我果然也会生小孩，然后变成老太婆吧？”

“会变成美丽的老太婆。”

“我才不要呢。”乐佩浅浅一笑，笑得十分落寞，“我不要生小孩。”

“这又是为什么呢？”王子以从容不迫的语气问。

“我昨晚也想得彻夜难眠。生了小孩，我会马上变成老太婆，而且你一定只会疼爱小孩，嫌我烦吧。没有人会疼爱我，我清楚得很。因为我是出身卑贱的笨女人，一旦变成丑老太婆，就一无可取了。到时候我也只能回去森林当女巫，别无他法。”

王子听了面露愠色：“你还忘不了那座令人厌恶的森林吗？想一想你现在的身份。”

“对不起。我明明忘得一干二净，可是像昨晚那种寂寞的夜晚，忽然间又想起来了。我妈妈是个可怕的女巫，但是，她是真的把我当成心肝宝贝抚养长大。就算没人疼爱我，唯独我那森林中的母亲，一定会把我当小宝贝一样抱我。”

“有我在你身边不是吗？”王子极其不快地说。

“不，你是不行的。虽然你一直很疼爱我，但你只是觉得我很稀奇，老是讪笑我，我常常觉得很寂寞。不久生了小孩之后，你就会觉得小孩更稀奇，把我给忘了，因为我是个无趣的女人。”

“你不知道你有多美。”王子极其不满地噘嘴嘀咕，“净说一些无聊的事。今天问的问题太无聊了。”

“你什么都不懂。我最近非常痛苦。我果然是流着女巫卑劣血液的野蛮女。我痛恨这个即将出生的孩子，恨不得杀了他。”乐佩语气颤抖地说，紧咬下唇。

怯懦的王子吓得浑身打战，心想她或许真的会杀死小孩。不懂得死心，依照本能行动的女人，往往会造成悲剧。

长女一脸自信，下笔如飞，写到这里，静静地搁笔。重读时，时而脸颊泛红，时而歪嘴苦笑，因为有些地方写得稍显色情，嘴巴很坏的次男看了一定会冷笑吧。但这也没办法，只好就这样了。这可能是此刻心境的如实流露吧。虽然感到些许悲伤，但在兄弟姐妹里，能如此描写女人幽微心思的，自己算是最厉害的，因此也感到些许骄傲。忽然觉得有点冷，这才发现书房里没开暖炉，低吟了一声“好冷啊”，缩着肩膀站起来，拿着写好的稿子走到走廊时，差点撞到一副意味深长的表情站在那里的幺弟。

“抱歉，抱歉。”幺弟狼狈地惊慌道歉。

“阿和，你来侦察啊？”

“呃，不是，不是这样。”幺弟满脸通红，说得支支吾吾。

“我知道，你是担心我能不能顺利接下去吧？”

“不瞒大姐，确实如此。”幺弟干脆低声招认，然后自嘲了起来，“我写得很烂吧。反正我本来就不会写。”

“不见得，这次就写得很棒。”

“真的吗？”幺弟的小眼睛闪着喜悦的光辉，“大姐，你有好好接下去吧？你有把乐佩写得好一点吗？”

“有啊，算是还好吧。”

“感激不尽！”幺弟向长姐合掌道谢。

其四

第三天。元旦那天，次男来我位于郊外的家玩，把日本近代小说贬得一文不值，兀自兴奋得要命，到了夜幕低垂时，忽然喃喃地说：“这下糟了，好像发烧了。”连忙赶回家。果不其然，那晚他开始发烧。昨天又睡睡醒醒，到了今早依然没有复原，头还有些昏昏沉沉，郁闷地躺在被窝里。

过分地说别人作品的坏话，就会这样感冒发烧。

“怎么样？有没有好一点？”母亲说着走进房间，坐在枕边，轻轻地将手按在病人额头上，“好像还有一点烧。你要好好保重啊。昨天吃了年糕汤，又喝了新年的屠苏酒，还时不时地就起床，不好好休息。这样勉强是不行的，发烧的时候躺着睡觉最好。你的身子本来就弱，千万逞强不得啊。”

被母亲念了一顿，次男意气消沉，无可反驳，只能微微苦笑听训。次男是兄弟姐妹里最冷静的现实主义者，因此也是相当辛辣的毒舌家，唯独对母亲顺从得有如蔓草，丝毫不敢使性子。可能是长年体弱多病，给母亲带来很多麻烦，感到内疚亏欠吧。

“今天一天，你就好好睡觉。不可以随便起来走动。饭也在这里吃，我已经帮你熬了粥。等一下阿里会端来。”

“妈，我想求你一件事。”次男语气微弱地说，“今天轮到我了，我可以写吗？”

“你说什么？”母亲一头雾水，“写什么呀？”

“就是那个‘小说接龙’又开始了。昨天我因为太无聊了，请大姐让我看她写的稿子。看了之后，我整晚都在想要怎么接下去。这次真的有点难。”

“不行，绝对不行。”母亲笑说，“文豪感冒的时候也不会浮现好灵感。请大哥帮你写怎么样？”

“不行，大哥不行。大哥根本没有才华。大哥写的东西，每次都变得像在演讲。”

“不可以说这种坏话。大哥写的东西，总是很有男子气概，很了不起呀。我向来最喜欢大哥写的东西。”

“你不懂。妈，你不懂。不管怎样，这次我非写不可。那个后续，一定要由我来写才行。妈，求求你，让我写吧？”

“妈妈不答应。你今天一定要好好睡觉。先请你大哥代劳。等你明天或后天身体确定完全康复了，到时候再写也行呀。”

“不行，妈，你太瞧不起我们的游戏了。”次男夸张地叹了口气，抓起棉被蒙住了头。

“好吧。”母亲笑了，“是妈妈不好。不然这样吧，你躺在床上慢慢说，我把你说的写下来。就这么办吧。去年春天，你发烧躺在床上时，要写一篇很难的学校论文，妈妈也是照你说的写下来不是吗？那时候我写得不错吧。”

病人依然蒙着棉被，没有回答。母亲束手无策。这时女佣阿里端了早餐进来。阿里从十三岁起，就在入江家工作。她生于沼津附近的渔村，来这里也快四年，已经完全被入江家的浪漫风气同化。她会向小姐们借妇女杂志，趁着工作空当阅读。最喜欢看古代的复仇故事，总是看得兴奋不已。非常推崇“女人贞操第一”这句话。一个人的时候也会暗自紧张，心想拼了命也要守住贞操。她的柳条箱里，藏着长女送她的银制拆信刀。她视此为怀剑。她的肤色浅黑，但脸蛋小巧紧致，装束打扮也非常干净整洁。左脚有点跛，走路时略显拖行的模样，反而令人心生爱怜。她把入江家一家人，当作神明般尊敬。祖父的银币勋章，看在她眼里犹如稀世珍宝般炫目；深信长女是世上最厉害的学者，次女是世上最漂亮的美女。然而她特别倾心的是体弱多病的次男，为他神魂颠倒。幻想着若能陪在那么俊美的主人身边，一起去复仇的话，不知道会有多快乐。可惜现在已经没有以前那种复仇之旅，令她觉得无聊透了。她总是在想这些蠢事。

此刻，阿里毕恭毕敬地将饭菜摆在次男的枕边，感到些许落寞。因为次男依然蒙在棉被里，而母亲只是静静在一旁笑看，没人理会阿里。她默默在那里坐了一会儿，但次男依然毫无动静，于是她怯怯地问夫人：

“是不是病得很严重？”

“我也不知道。”母亲笑说。蓦地，次男推开棉被，转身趴在床上，一把拉过饭菜，抓起筷子，埋头吃了起来。阿里顿时吓到了，但随即冷静下来，伺候次男用餐。次男不发一语，气势猛烈地喝粥，愤愤地大口吃腌梅，食欲显得十分旺盛。

“阿里，你觉得如何？”他剥着半熟的蛋，忽然说，“比方说，我和你结婚的话，你会怎么样？”这个问题来得太突然。

比起阿里，母亲更是十倍惊慌。

“天啊！你在说什么蠢话！就算开玩笑也不能说这种话。阿里，他是在逗你的。实在太乱来了，开玩笑也不能说这种话！”

“我只是在打比方。”次男显得很镇定。他从刚才一直在想小说的情节，完全没留意到这个假设深深刺伤了阿里的心。真是任性的孩子。

“阿里，你会怎么样？说给我听听，我想拿来当小说的参考。因为这一段实在太难写了。”

“你突然说出这种吓死人的话，”母亲暗自松了一口气，“阿里也不懂呀。对不对，阿里。阿猛（次男的名字）老是说一些莫名其妙的话。”

“如果是我的话……”只要能帮上次男的忙，阿里什么都肯说。她无视夫人为难地向她使眼色，反倒认为这是紧要关头，握紧拳头回答，“如果是我的话，会去死。”

“什么嘛。”次男一脸失望，“真无聊。死了多无趣啊。要是乐佩死了，故事也结束了。不行。啊，好难啊。到底要怎么安排才好？”他还是一股脑儿只想着小说情节。阿里拼命回答，但似乎完全帮不上忙。

阿里十分沮丧，悄悄地收拾碗筷，为了掩饰窘态，故意呵呵呵地笑着，端着托盘逃离房间。走在走廊时，想说哭一哭吧，可是又不觉悲伤，反倒由衷笑了起来。

母亲不禁暗自感谢年轻人的天真坦率，对于自己的仓皇狼狈感到丢脸，心想应该可以信任他们。

“怎么样？情节想好了吗？你就躺着说，妈妈帮你写。”

次男再度仰躺于床，将棉被拉到胸前，闭上眼睛，一副陷入苦思的模样。不久，以极度装模作样的严肃语气说：“我想好了。那就麻烦您了。”

母亲不禁扑哧一笑。

以下就是那天母子合作的口述笔记全文。

宛如玉般的孩子诞生了，是个男孩。城堡里欢欣鼓舞。不过产后的乐佩却日渐衰弱，寻遍全国名医都束手无策，只见她身体愈来愈弱，命在旦夕。

“所以说，所以说，”乐佩躺在床上静静地流泪，对王子说，“所以我不是跟你说过了，我不要生小孩。我毕竟是女巫的女儿，所以能稍微预感自己的命运。我一直觉得如果我生了小孩，一定会发生不幸。我的预感向来很准。要是我现在死了就能解除灾厄，那倒还好，但我总觉得那不是我死就能解决的可怕灾祸。如果就像你说的，真有神明存在，我也想向那个神明祈祷。一定有人在怨恨我们。是不是我们做错了什么严重的事呢？”

“没有这回事，没有这回事。”王子在病床边来回踱步，一味地否定，但内心却忐忑惶恐。喜获麟儿的喜悦太短暂，立刻要面对乐佩不明原因的衰弱，使得他心神不宁，寝食难安，只能徘徊在乐佩的病床边不知所措。王子果然还是由衷爱着乐佩。王子是爱上乐佩的容貌与体态之美，以及那宛若异域奇葩花朵的珍奇，此外，也被她惹人爱怜的盲目无知所吸引，因而深深为她着迷。王子的爱虽然并非由精神高度共鸣与信赖所产生的爱情，也不是因为感受到彼此拥有共同祖先的血脉关系，为相同宿命而殉情的深刻觉悟与理解下所缔结的爱情，尽管如此，也不能因此就怀疑王子的爱情本质。王子是真心认为乐佩很可爱，爱她爱到难以自拔。只是单纯地爱她而已。这样不就够了吗?

所谓纯粹的爱情就是如此。女人在心里默默追求的，也是这种专一真诚的爱吧。若彼此讨厌的话，纵使有什么精神高度的信赖，或为相同宿命殉情的想法，也无济于事，总是要有喜欢的地方，这些“精神”、“宿命”之类装模作样的话语，听起来才真有那么回事。这种话语，只是为了用来整理彼此爱意的泛滥，或用以反省、辩解热情罢了。但在年轻人的爱情里，没有比这种辩解更令人作呕。尤其是“为了拯救女人”之类的男人的伪善，更令人难以忍受。喜欢就说喜欢，为什么不能坦白说呢?

前天，我去D作家的家里玩也说出这番话，D作家竟说我是个俗物。可是D作家自己，以我近身观察他的日常生活来看，也只不过是以自己的好恶为基准，过着老奸巨猾的生活罢了。他根本在说谎。我是不是俗物无所谓，但我喜欢实话实说。人最好是做自己喜欢的事。话题扯远了。我只是无法想象那种精神理解的爱情而已。王子是真心爱着乐佩。

“不可以说会死这种傻话。”王子极度不满地噘嘴说，“你知道我有多爱你吗？”

王子是个正直的人。不过，光靠正直这种美德，无法医治乐佩的重病。

“你要活下去……”王子呻吟，“你千万不能死啊！”王子呐喊。除此之外，王子不知该说什么。

“你只要活着，只要活着就好。”当他低声呢喃，耳畔传来沙哑的声音：“真的吗？只要活着就好？”

王子愕然回头一看，宛如全身被泼了冷水，吓得毛发直竖。一个老太婆，就是那个老女巫，悄悄站在王子背后。

“你来干什么！”王子不禁大吼。但不是因为勇敢，而是太害怕了。

“我来救我女儿呀。”老女巫神色自若地回答，然后微微一笑，“我可是早就知道了。这世上没有我不知道的事。我全都知道哟。你把我女儿带来这座城堡，百般呵护她，我也知道哟。如果你只是一时玩弄她，我可不会默不吭声，看来似乎不是，我才忍耐到今天。女儿能过着幸福快乐的日子，我也是会有点高兴的。不过看来好像不行了。你可能不知道，出生在女巫家的女儿，若是受到男人宠爱而生下小孩，不是会死，就是会变成世上最丑的女人，只有这两种下场。乐佩好像不太清楚这件事，但凭直觉应该明白了，所以才会那么排斥生小孩吧。变成这样真可怜啊。你究竟打算怎么处理乐佩？眼睁睁看着她死掉？还是变得像我一样丑，也要让她活下去？你刚才喃喃地说，无论发生什么事，只要她活下去就好吧。我年轻的时候，也是个绝对不输乐佩的美丽女孩哟，后来受到旅行猎人的宠爱，生下了乐佩。那时我母亲问我，要死，还是活下去？我无论如何都想活下去，所以求母亲让我活命，于是母亲施咒救了我。但也因为这样，我的脸就变成你所看到的这么‘美’了。怎么样？你刚才说的愿望，毫无虚假吗？”

"让我死吧。"乐佩在病床上，痛苦地微微扭动身体，"只要我死了，大家都可以平安过日子。王子，乐佩受你照顾至今，没有任何不满。我不想活着遭遇那种惨事。"

"让她活下去！"这次王子是以真正的勇气，清楚地说，额头冒出苦闷的汗水。

"乐佩不会变成老太婆这种丑脸。"

"我干吗骗你呢？好吧，既然这样，我就让乐佩长长久久活下去吧。不管她的脸变得多丑，你都会一如往昔地疼爱她吗？"

其五

次男在病床上的口述笔记虽短，但多少让情节有了转折。不过毕竟只在病床上吃了点粥，平日对日本所有现代作家冷嘲热讽的高傲无礼的娇儿，也只能展现其特异才华的片鳞，原本构思好的故事说不到三分之一便已精疲力竭。纵使再有才华，可惜也抵不过感冒发烧的折腾。情节才刚进入转折高潮，就得抱憾交给下一棒。而下一位选手，正是那个傲慢的次女。她爱做惊人之举，好大喜功，第四天一早便坐立不安。全家一起围在餐桌旁吃早餐时，唯有她简单吃了面包与牛奶。因为她认为若和家人一样吃味噌汤、腌萝卜之类的扎实食物，不仅会使胃腑混浊，思绪也会萎靡不振。吃完饭，她便到客厅，站着乱敲钢琴键，把肖邦、李斯特、莫扎特、门德尔松、拉威尔的曲子交杂乱弹，想到什么就弹什么，认为这样灵感就会从天而降。这女孩做事真的很夸张。得到灵感后，一本正经地离开客厅，走到浴室脱下袜子洗脚。真是诡谲的行径。但次女是借由这种行为来清净自己。真是变态的洗礼仪式。如此身心都清净之后，次女便缓缓走回自己的书房。坐在书房的椅子上，低吟了一声“阿门”。这实在太离奇了，因为次女应该没什么信仰。其实她只是为了表达自己此刻的紧张心情，认为这个词汇恰当，临时借用而已。“阿门”，原来如此，心情真的平静下来了。接着次女装模作样开始焚香，在脚下的陶制小火盆里点燃一种名为“梅花”的熏香，然后深呼吸，眯起眼睛，觉得颇能体会古代闺秀作家紫式部的心境。脑海里浮现《春曙为最》[1]这篇文章，觉得很舒服。但随即发现这是清少纳言写的，又觉得很扫兴，连忙从书架上抽出《希腊神话》，亦即异教的神话。这可以说明她的“阿门”彻底虚假。《希腊神话》是她的幻想泉源。当她幻想力枯竭，便翻阅此书。打开书页，眼前立即充满花朵、森林、泉水、恋情、天鹅、王子、妖精……但却通通派不上用场。次女的所作所为，委实令人难以理解。肖邦、灵感、洗脚礼、阿门、梅花熏香、紫式部、《春曙为最》《希腊神话》，这之间没有任何关联，而且支离破碎。根本只是装模作样。快速翻阅《希腊神话》，欣赏阿波罗的全裸插图，露出令人毛骨悚然的淡淡冷笑。然后“砰”的一声把书扔掉，拉开书桌的抽屉，拿出一盒巧克力与一罐糖果，以非常做作的手势——只用食指和拇指，其他三根手指往上翘，以这种撩人的手势捏起巧克力，放入口中瞬间吃掉，随即又拿起糖果扔进嘴里，嚼啊嚼啊立刻嚼碎，然后又吃巧克力，接着又吃糖果，犹如饿鬼般狼吞虎咽。吃早餐时，虽说为了让胃腑轻快些，特地

1.《春曙为最》：清少纳言《枕草子》的第一篇。

只吃了面包和牛奶，但这根本没有用，因为次女原本就是大胃王。她只是在装气质，故意只吃面包和牛奶，但这压根儿不够，非常不够。所以她才会躲进书房避人耳目，在这里发挥大胃王的本性。总之，她是个非常虚矫的女孩。吃了二十块巧克力、十颗糖果，毫不在乎地哼起《茶花女》。一边哼唱，一边吹掉稿纸上的灰尘，拿起蘸水笔蘸满墨水，慢条斯理地写了起来。态度显得颇为不逊。

不懂得死心、依照本能行动的女人，往往会造成悲剧。

初枝（长女的名字）女士这个暗示，在此似乎遭逢了些许混乱。乐佩生于魔法森林，吃串烤青蛙与毒菇长大，在老女巫盲目的溺爱下过得十分任性，玩伴则是森林里的乌鸦和鹿。换言之，她是所谓的“野孩子”，无论在嗜好或感觉上，她依然保有本能的野蛮部分吧，这是可以肯定的。这种本能的言行举止，反而成为王子为她疯狂着迷的魅力，这也很容易推测得到。

然而，乐佩果真是个不知死心的女人吗？虽然可以认定她是个本性野蛮的女人，但面临眼前的生死关头，乐佩不是放弃了一切吗？乐佩说她要死，死了比较好。这句话不就表示放弃了一切吗？但初枝女士却指摘乐佩是个不懂死心的女人。若我轻率地反对这一点，一定会被责骂。我讨厌被骂，所以姑且同意初枝女士的看法。乐佩确实是个不懂得死心的女人。虽然“让我死吧”这句话带着惹人怜爱的谦虚，但若仔细想想，这也是一句非常自私、极度自恋的话，净是盘算着被爱。自认还有被爱的资格时，活着才有意义，才会快乐。这是理所当然的事。不过，纵使清楚地自觉到，自己已经没有被爱的资格，人还是非得活下去不可。纵使没有“被爱的资格”，人也应该永远还有“爱人的资格”。我认为一个人真正的谦虚，是懂得爱人的喜悦。光只会追求被爱的喜悦，这才是野蛮无知的行为。

此刻乐佩只想要被王子爱，却忘了爱王子，甚至也忘了爱亲生的孩子。不，我甚至觉得她忌妒自己的孩子。当她知道自己不会再被爱，便希望一死了之，这是何等的自私任性。她应该更爱王子才对。王子也是个寂寞的人。要是乐佩死了，王子不知会有多么沮丧。乐佩必须回报王子的爱，继续活下去，无论如何都要活下去。无论未来会有什么痛苦遭遇，都要为孩子活下去。一心一意疼爱这个孩子，只求能把这个孩子养得健康强壮，这才是真正懂得死心的人的谦虚态度吧。自己变丑了，不会被爱了，但至少可以默默地去爱别人，即使没人知道也无所谓，明白爱人才是最大的喜悦。能够这样坦诚死心的女人，才是神的宠儿。纵使没人爱她，神的大爱也会眷顾着她。真是幸福啊。即便我辩才无碍，说得头头是道，但我内心想的未必和上述一样。因为我认为人长得美，被大家疯狂热爱，是最美好的事。可是，若不神妙地搬出这种高调，唯恐惹得初枝女士不悦，因此我诚惶诚恐、提心吊胆，说了这番遥不可及又言不由衷的话。因为初枝女士其实是我的胞姐，也是我的法文老师，我向来不敢违背她的高见，必须行礼如仪，一味地迎合她。俗话说长幼有序，身为幼者真的很辛苦。话说，乐佩诚如上述所言，是个不懂死心的无知女人，想到自己快要丧失被爱的资格，希望早点死掉算了。因为她认为活着就是要被王子疼爱，谁也拿她没辙。

不过王子仍在努力。人在痛苦时会向神明祈祷。但痛苦到几乎绝望时，甚至会以狂乱的姿态央求恶魔。王子此时走投无路，只能合掌恳求脏兮兮的老女巫。

“请你让她活下去！”王子急得汗流浃背，大声吼叫，屈膝跪求恶魔。只要能保住心爱的人一命，无论自尊心或什么，王子愿意全部舍弃毫不后悔。真是坚毅勇敢，纯真又可怜的王子。老女巫微微一笑。

“好吧，我就让乐佩长长久久活下去。可是她的脸变得跟我一样，你也会一如往昔疼爱她吗？”

王子以手掌胡乱抹去额头的汗水。

“脸，我现在没心情想这种事。我只想再看到健康的乐佩。乐佩还很年轻，只要年轻又健康，怎么样的脸都不会丑。快啊，快把乐佩变回原来健康的样子吧。”王子说得坚定无比，但眼里泛着泪光。让她在拥有美貌时死去，或许才是真正的深爱。可是，啊，真的不想让她死去，没有乐佩的世界是一片黑暗，没有比背负宿命遭到诅咒的女孩更可爱，我要她活下去，活下去，我要她永远陪在我身边，即使脸变得再丑也无所谓，我爱乐佩。她是一朵神奇的花，森林的精灵，山岚雾气所生的女体，我希望她永远不要消失。王子如此强忍着心中的哀愁、爱怜与苦楚，要不是老女巫在场，他好想趴在乐佩消瘦的胸前放声大哭。

老女巫陶醉地眯着眼睛，犹如在欣赏美景般看着王子痛苦的表情，心情显得很好。不久，她以沙哑的声音咕哝：“真是好孩子，真是个正直的好孩子。乐佩，你是个幸福的女人啊。”

“不，我是个不幸的女人。”乐佩听到老女巫的低语，如此回答，“我是女巫的女儿。受到王子的疼爱，更让我对自己卑贱的身世感到羞耻、痛苦，总是怀念故乡那片森林。在那座高塔上，和星星、小鸟聊天的时光反而比较惬意。过去我不知道想过多少次，想逃离这座城堡，回去妈妈那里。可是要离开王子，我更痛苦。我喜欢王子，即使有十条命，我也愿意给他。王子是个非常体贴的好人，我无论如何都无法离开王子，所以才拖拖拉拉一直待在这座城堡里。我并不幸福，每天都像活在地狱里。妈妈，女人不该和心爱的人结婚，一点都不幸福。啊，让我死吧。我无法与王子生离，所以就死别吧。我若现在死了，我和王子，大家都能幸福。”

“这只是你的自私任性。”老女巫笑眯眯地说，语气中充满深深的母爱，“王子已经答应，不管你的脸变得多丑，都会永远爱你。他深深爱着你，非常难能可贵。照这个样子看，要是你死了，王子可能会跟着你去死。总之，为了王子，你就试着恢复健康吧。以后的事，到时候再说。乐佩，你已经生了小孩了，已经是妈妈了。”

乐佩轻声叹息，静静地闭上眼睛。王子在激情过后，现在已失去一切表情，犹如化石般，只是木然地站着。

眼前即将设置魔法祭坛。老女巫像一阵风般迅速离开房间，不久又拿着东西出现，随即又迅速消失。就这样忽隐忽现几次，将所需的各种东西带进病房。祭坛由四只动物的脚支撑着，上面覆盖着鲜红色的布，这块布是由五百种蛇的舌头制成的，鲜红色就是舌头渗出的血色。祭坛上摆着用黑牛皮做的巨大锅子，锅下明明没有火，但锅里的热水沸滚得几乎要溢出。老女巫披头散发，嘴里念着咒语，绕着大锅不断奔跑，边跑边把各种药草和世上的奇珍异物扔进大锅的沸水里。譬如从太古时代未曾融化过的高山积雪、即将消失前闪烁片刻的竹叶上的霜、活了一万年的龟的甲、月光下一粒粒搜集来的沙金、龙鳞、出生后从未见过天光的沟鼠眼、杜鹃鸟吐出的水银、萤火虫尾部的珍珠、鹦鹉的蓝舌头、永不凋谢的罂粟花、猫头鹰的耳垂、瓢虫的爪、蟋蟀的智齿、开在海底的梅花一朵，还有很多世上难以入手的珍贵宝物。老女巫将它们逐一扔进大锅，绕着锅旁大约跑了三百次，直到锅里升起的水蒸气呈现出彩虹般的七彩颜色，老女巫才停下脚步，宛如变了一个人，以令人敬畏的口气呼叫病床上的乐佩：“乐佩！妈妈现在要做一生一次，极其困难的魔法。你要暂时忍着点！”话声未落便冲向乐佩，以细长的刀子刺进乐佩的胸膛。王子连尖叫都来不及，老女巫已经双手抱起瘦弱如纸片的乐佩，将她高举过眼，扔进沸腾的大锅里。锅里只传来如海鸥哭泣般的细微声音，接着便悄然无声，剩下的只有沸水的翻滚声，以及老女巫低沉的念咒声。

这一幕实在太惊悚，王子惊愕得说不出话，后来好不容易以近乎低喃的声音说：

“你在干什么！我没有叫你杀她，也没有叫你用锅子煮她。还给我，把我的乐佩还给我。你是恶魔！”

他也只能这么说，不再有力气顶撞老女巫，扑向已经没了乐佩的空床，像个孩子般“哇”地放声大哭。

老女巫没有理会王子，以布满血丝的眼睛盯着锅子，额头、脸颊、颈子都淌着汗水，一心一意地念咒。蓦地，念咒声停了，锅子里的沸腾声也同时戛然而止。王子流着眼泪，稍稍抬起头来，迟疑地看着祭坛时，只见老女巫正在呼叫："乐佩！出来吧！"随着老女巫扬扬得意的清朗叫声，不久，乐佩的脸露出来了。

其六

是个美人。这张脸美得光灿夺目。

长兄非常兴奋地继续写。他的钢笔实在太粗，粗得像一根香肠。他右手紧紧握住这只挺拔的钢笔，紧抿着嘴唇，以认真严谨的态度，一字一字写得又大又清楚。但可惜的是，这个长兄没有弟妹们说故事的才华。尽管弟妹们因此稍微瞧不起这个长兄，但这是弟妹们不逊的恶德，长兄仍有他过人之处。他不说谎，很正直，而且富有人情味，心肠很软。现在也是，他无论如何都无法将从锅子里出来的乐佩，写成像老女巫那样丑陋可怕的脸。这样的话，乐佩未免太可怜了，对王子也太残忍了。他甚至感到愤慨，因此冲动地写下：“是个美人。这张脸美得光灿夺目。”但接下来就不知道该怎么写了。毕竟长兄太过正经，因此想象力也极其贫弱。喜欢胡说八道的狡猾之人，最具丰富的说故事才华。但长兄是个品格高尚的人，心里燃烧着高洁的理想之火，也很有爱心，而且他的爱没有任何算计与心机，所以不擅长虚构故事。毫不客气地说，他故事写得很烂。现在他也以演说般的语气在写。写到“这张脸美得光灿夺目”时，闭眼沉思了片刻，接下来便慢慢写。虽然不成故事，但字里行间流露出他的诚实与爱心。

这张脸，不是乐佩的脸。不，还是乐佩的脸。但已不是生病前那张汗毛很多、仿如野玫瑰的可爱脸庞（虽然批评女性的脸是很失礼的事），现在这张复活过来、带着淡淡微笑的脸，若以花草来比喻（虽然以植物来比喻万物之灵失之轻率），首先是桔梗吧，或是月见草，总之是秋天的花草。她从魔法祭坛走下来，孤寂地笑了笑。气质，以前是没有的。此刻她浑身散发出端庄贤淑的气质。王子不由得对这位高贵女王作揖行礼。

“居然有这种不可思议的事啊。”老女巫偏着头咕哝，“不应该是这样。我还以为从大锅里爬出来的，会是个像蟾蜍脸般的女儿。看来一定有更强的力量在干扰我的魔力。我输了。我已经厌倦魔法。我要回森林去，当个理所当然、无趣的老太婆度过余生。原来这世上也有我不懂的事啊。”老女巫说完，一脚把魔法祭坛踢进壁炉里烧毁。据说祭坛上的各种道具，在壁炉里吐出蓝色火舌，整整烧了七天七夜。之后老女巫返回森林，以一个平凡温和的老太婆，静静地度过余生。

总之，这是王子爱的力量打败了老女巫的魔法力量，但依小生的观察，两人真正的婚姻生活，现在才要开始。过去王子的爱，极端地说，可以置换成“爱抚”这个词。这在青春年少无可避免，但终将碰到瓶颈，一定会面临危机。而王子与乐佩之间的爱情，确实也因怀孕生子而产生了龃龉。这的确是神的考验。不过，王子纯真拼命地祈祷，获得神的怜悯，使得乐佩褪去肉感，重生为拥有高贵心灵的女人。因此王子不禁对她作揖行礼。就在这里，就从此时，两人开始崭新的婚姻生活，亦即相敬如宾。若不互相尊敬，真正的婚姻无法成立。现在乐佩已非野蛮女孩，也不是有如玩物般的女人。现在的她，嘴角带着深沉悲伤、死心与体贴的微笑，宛如天生的女王般沉着。王子与乐佩悄悄地交换微笑，心情变得祥和愉快。丈夫与妻子，在一生当中，必须重新结婚好几次。为了发现彼此真正的价值，必须一次次战胜危机，不能轻言分离，要重新结婚继续前进。王子与乐佩，在五年或十年后，或许会再度重新结婚，但不会再失去彼此的信赖与尊敬，因此小生认为真是万万岁。

由于长兄写得太认真、太用力，导致连自己都搞不懂到底写了什么，霎时感到仓皇失措。一点也不像在写故事，反倒好像把故事搞砸了。他握着粗大的钢笔，面露难色。苦思未果，只好起身抽出书架上的书，一本又一本翻阅，终于让他找到适合的书。那是使徒保罗[1]的书信集，《提摩太前书》[2]第二章。他认为这段经文拿来当乐佩故事的

1. 使徒保罗（约三—六七）：基督教史上最具影响力的早期传教士之一。创作了《圣经·新约》中的部分内容。

2.《提摩太前书》：收录于《圣经·新约》。

结尾最适合，轻轻地颔首，便装模作样开始抄写。

我愿男人无愤怒，无争论，举起圣洁的手，随处祷告。又愿女人廉耻、自守，以正派衣裳为装饰，不以编发、黄金、珍珠和昂贵的衣裳为装饰。只要有善行，这才与自称是敬上帝的女人相宜；女人要沉静学道，一味地服从。我不许女人讲道，也不许她管辖男人，只要沉静。因为先造的是亚当，后造的是夏娃。且不是亚当被引诱，乃是女人被引诱陷在罪里。然而女人若常存信心爱心，又圣洁自守，必在生产上得救。

如此便大功告成，长兄不禁莞尔一笑，心想这对弟妹们也是很好的规诫吧。若没有这段保罗的经文，我的论点就会显得语无伦次、甜腻松软、极其平庸，可能成为弟妹们的笑柄。真是好险，我真该感谢保罗。长兄有种经历了九死一生的感觉。他总是不忘对弟妹们说教，因为一本正经，写起故事也无法放松，一定会变成说教的口气。当长兄，果然也有当长兄的苦处。非得正经八百不可。基于长兄的责任感，不能和弟妹们瞎起哄。

这个故事到了第五天，终于在长兄的道德讲义、近乎画蛇添足的写法中落幕。今天是元月五日，次男的感冒也好了。中午过后，长兄得意扬扬地从书房出来，走去向弟妹们报告：

“我完成了！我完成了！”并且要大家在客厅集合。祖父也笑眯眯地来了。不久，祖母也被幺弟硬拉来。母亲和阿里在客厅准备火炉，忙着端来茶点和充当午餐的三明治，还有祖父的威士忌。首先由幺弟开始念。祖母凑上前去，在文章的每个段落都插嘴说“原来如此，原来如此”表示赞成，使得幺弟愈读愈难为情。祖父趁乱将威士忌挪到自己旁边，打开瓶盖，自顾自地喝了起来。长兄见状，小声提醒：

“爷爷，你会不会喝太多了？”祖父更小声地回答：“浪漫小说要喝醉听才有意思。”幺弟、长女、次男、次女，各自以别出心裁的方式朗读完毕后，最后轮到长兄以忧国激辩般的悲痛口吻朗读。次男一开始还强忍喷笑，后来实在忍不住逃去走廊。次女彻底轻蔑长男的文才，摆出滑稽逗趣的表情，还故意拍手叫好。真是傲慢的家伙。

全部读完时，祖父也已醉了。他醉醺醺地夸说：“很棒，大家都写得很棒。其中瑠美（次女的名字）写得特别棒。”果然还是偏心次女。不过他睁开醉眼，提出令人意外的抗议：

“光是写王子和乐佩的事，可惜谁都没有写国王和王后的事。初枝好像稍微提到了一些，可是那样是不够的。王子之所以能和乐佩结婚，之后也长久过着幸福的生活，这些全部都是国王和王后的慈爱所赐。要是没有国王和王后的理解，不管王子和乐佩多么相爱，到头来也会很惨。所以无视于国王和王后的宽宏大量，这个故事是无法成立的。你们还很年轻，不会察觉到这背后的因素，只是一味地将问题放在王子和乐佩的恋情上。这表示你们的火候还不够哪。譬如雨果的作品，经由儿子推荐后，我很爱读他的作品，那真是面面俱到。那个雨果啊——”当祖父提高嗓门要发表高见时，被祖母骂：“难得孩子们乐在其中，你在泼什么冷水呀。”骂完还顺便没收他的威士忌酒瓶与酒杯。虽然祖父的批评也颇有道理，但口气过于吊儿郎当，以至于得不到任何人支持被冷落在一旁。祖父忽然沮丧起来。母亲不忍见他垂头丧气，偷偷把那枚勋章递给他老人家。那是去年除夕，母亲悄悄偿还了祖父私下向人借的钱，祖父认为母亲有功，授予的这枚银币勋章。

“爷爷说要颁勋章给写得最好的人。”母亲笑着对孩子们说。她想借此让祖父恢复兴致，但祖父却变得正经八百：

“哦，这个啊，果然还是要送给美代（母亲的名字）。永远地送给你。拜托你好好照顾孙子们。”

孩子们都很感动，觉得这是一枚很棒的勋章。

黄道吉日

这是我这个蠢作家，为了现在离乡背井，前去保卫“大日本帝国”的人们，写的一个小故事。但愿能带来些许安慰，请别担心后方家人。

大隅忠太郎是我大学的同届同学，但他不像我丢脸留级，很顺利就毕业了，在东京一家杂志社上班。人都有一些毛病，大隅的毛病是从学生时期就有点拽。但这绝非大隅的本意，只是对外的一种习性，就和有些胆小、容易耽溺于感情的好绅士，走路时喜欢挥动粗大结实的手杖是同样的道理。大隅并非野蛮人。他的严父是朝鲜某大学的教授，他家算是高水平的家庭。大隅是独生子，因此备受宠爱，大约十年前母亲过世，之后严父凡事都让他随着自己的意思做。换言之，大隅是在优渥安稳的环境中长大的。大学时代，他就穿天鹅绒领子的外套来上学。他的言行举止虽绝不粗野，但在同学里的风评很差，大家觉得他老爱装出一副博学的拽样。可是看在我眼里，这种在背后碎嘴的坏话未必得当。和我们这些不用功的人相比，大隅确实很博学。博学之人，有机会展现自己的知识时，毫不保留地陈述出来是极其自然的事，没什么好奇怪的。反倒这个社会比较奇怪，别人只展现自己所知十分之一以上的内容，便批评别人爱装博学。大隅不是假装，是确实博学，因而展现出来。况且他已经显得很客气了，他知道的其实有五六倍之深。但人们只听十分之一以上便板起脸孔。其实大隅很收敛，他顾及我们这些不用功的同学，小心谨慎地不公开他全部的知识，仅仅陈述十分之三，或十分之五六的程度，其余大部分知识都深藏心底。即使如此，周遭同学还是吃不消。在这种情势下，大隅必然是孤独的。大学毕业后，大隅去杂志社上班也碰到同样的事，大家都对他敬而远之，两三个坏心眼的同事，甚至完全无视大隅的博学，硬是把体力劳动的工作塞给他，大隅因此愤而辞职。大隅向来不是坏人，只是见识比别人高。他无法忍受别人的无礼嘲笑，总要别人无条件敬服他才行。但世人不可能那么轻易敬服别人，因此大隅经常换工作。

“啊，我受够了东京，东京太扫兴了。我要去北京，那个世界第一的古都。那个古都才适合我的个性。因为——”

大隅向我娓娓道来，大约陈述了他十分之七的博学知识，不久便漂洋渡海去了中国。当时在日本国内，与大隅保持来往的，只有我和其他两三位同学。这些人都是大隅挑选后，认为是最能理解他的人，却也是世上最懦弱的男人们。那时我也二话不说赞成他去中国，但内心不免担忧，吞吞吐吐给他笨拙的忠告：

“去了马上回来就没意义了，可是无论发生什么事，千万不能吸鸦片。”

他哼笑了一声，不，他对我说谢谢。大隅去中国的第五年，即今年四月中旬，忽然发了一封电报来。

“汇上〇，请代为下聘并筹备婚礼，我明天离开北京。大隅忠太郎。”

同时收到电汇一百圆。

他去中国已五年。这五年里，我们一直保持书信往来。根据他信上所言，古都北京真的很适合他的个性，很快他就在北京的某大公司上班，并能完全发挥他的能力，致力于促进东亚的永久和平。每当接到他如此自豪的来信，我便愈发尊敬他，但我还是有故乡老母般的愚蠢父母心，尽管得知他的伟大抱负深感欣慰，但另一方面也提心吊胆，总希望他不要三分钟热度，希望他能不厌其烦地长久持续下去，也请保重身体，绝对不能碰鸦片。因此也对他说了这种现实且扫兴的关切话，他可能很不是滋味，之后来信就变少了。去年春天，山田勇吉来找我。

那时山田勇吉在丸之内的某保险公司上班。他也是我们的大学同学，个性比谁都怯懦，我们总是抽他的烟。他不仅对大隅的博学佩服得五体投地，也很照顾他的日常生活。我没见过大隅的严父，听说是个秃头，独子忠太郎也继承了严父的特征，大学毕业后，前额便开始秃了。男人随着年纪渐长，前额开始秃是理所当然，没什么好大惊小怪的，但大隅明显比其他同学早秃很多。而早秃也成为大隅抑郁寡欢的原因，有一次体贴窝心的山田勇吉实在看不下去，一脸正经地建议他：“听说将松叶绑成束，去扎秃掉的部分，会长出头发。”反倒被大隅狠狠瞪了一眼。

“我帮大隅找到新娘了！”山田久违来到我家，紧张兮兮地说。

“没问题吗？你别看大隅那个样子，他可是很挑的。”大隅是大学美学系毕业的，对美女的鉴赏眼光很严格。

“我把照片寄去北京给他看。结果他回信，一定要这个女孩。”

山田从西装内袋掏出大隅的回信，却说：

“不，这信不能给你看。对大隅过意不去。因为信里也写了一些感伤、暧昧的事。你就自己猜吧。”

“这样很好啊，你就帮他促成这桩婚事吧。”

“靠我一个人不行，希望你也能帮帮忙。等一下我就要代替大隅去女方家提亲，想问你这里有没有大隅最近的照片。我得拿张照片给对方看。”

“最近大隅很少写信给我，但若三年前他从北京寄给我的照片，倒是有一两张。”

一张是远眺紫禁城的侧脸照，一张是以碧云寺为背景、穿着中国服的立身照。我将这两张照片交给山田。

“这个好，头发看起来也比较密了。”山田首先注意头发。

“不过，可能是光线的关系，拍起来才比较密。”我没自信。

“不，应该不是。因为听说最近已经有好药了，意大利制的特效药。说不定他在北京也偷偷在用。”

这件婚事好像谈成了。一切都归功于山田的不辞辛劳。但去年秋天，山田写信来告诉我：“我罹患了呼吸器官的疾病，接下来一年要返乡静养，大隅的婚事也只能拜托你了，女方的住址如左记，拜托你跟他们联络。”

胆小如我，叫我张罗别人的婚事，这岂不是要吓死我。可是大隅的朋友很少，此刻我若不接下来，难得的婚事一定会泡汤，于是我写了一封信给北京的大隅。

拜启。山田因病返乡休养，因此我必须接手你的婚事。可是你也知道，我不是个会照顾别人的男人。我过着相当贫寒的生活，根本帮不上忙。即便如此，在期盼你有幸福婚姻这件事上，我自认不落人后。有什么事尽管说。虽然我很懒，不会主动为别人做事，但若别人交代吩咐，我会尽量去做。最后，请多保重，千万不能碰鸦片。

结果我又在最后加了一句不必要的忠告。之前我写给大隅的信，或许惹得他不高兴，所以没有回信。我是有些在意，但叫我主动去帮助别人，我这种怕麻烦的个性实在做不来，所以就这样搁着。可是这回忽然来了那封电报和电汇。既然接到命令，我也必须得动起来。我照山田给我的住址，发了一封限时信给女方家。

友人大隅忠太郎发了一封紧急电报给我，拜托我与您商讨下聘及婚礼事宜。我想尽快登门拜访，不晓得您何时方便，若能顺便附上前往贵府的路线简图，更是感激不尽。

我十分紧张地写了这封信，寄了出去。对方的姓名是小坂吉之助。翌日，一位眼神锐利、气质高雅的老绅士莅临寒舍。

“我是小坂。”

“哦，您好。”我大吃一惊，“应该是我去拜访您才对。呃不，您好，这实在是……来，请，请进。”

小坂进到房里，双手抵在脏兮兮的榻榻米上，笑也不笑，严肃地打招呼。

“大隅发了一封这样的电报给我。”现在我只能豁出去跟他谈了，“这里有个‘汇上〇’吧，这个‘〇’指的是一百圆。他的意思是把这笔钱当聘金，要我拿去给您。但因事出突然，我也搞不清状况。”

“这也难怪。因为山田先生返乡了，我们也感到些许不安。去年年底，大隅先生曾直接写信给我们，说出于种种原因，希望典礼能等到今年四月，我们都很相信他，所以一直等到现在。”

“相信”一词，莫名强烈地在我耳际回响。

“这样啊。想必您很担心吧。但是，大隅绝对不是不负责的男人。”

“是的，这我明白。山田先生也如此保证。”

“我也敢保证。”结果这个靠不住的保证人，后天必须把下聘用品放在原木的台架上，递给小坂家。

小坂先生请我中午去他家。大隅似乎没有其他朋友，看来我非得代他去下聘不可。前一天，我去新宿百货公司买了一套下聘的必需用品，回程顺道去书店翻阅《礼法全书》，查了下聘的礼仪与致辞等事。当天我穿了日式裙裤，把绣有家徽的外褂和白足袋[1]，用包袱巾包起来带出门。我打算在小坂家的玄关快速换上外褂、脱掉蓝足袋，一丝不苟地穿上白足袋，展现出帅气体面的使者模样，但我完全失败了。我在省线五反田下车后，照着小坂先生给的简图，大约走了一公里，终于找到小坂家的门牌。那是一栋比我想象的大三倍以上的大宅邸。那天很热，我拭去汗水，稍微端正仪容，走进大门，确定四周没有猛犬后，按

1. 足袋：日本老式分趾短布袜。

下玄关的门铃。一位女仆来应门，对我说："请进。"我走进玄关一看，只见小坂吉之助先生穿着家徽和服，将扇子立在膝旁，严肃端坐在玄关的式台[1]上。

"呃，等等。"我说了莫名其妙的话，将带来的包袱巾放在鞋柜上，立刻解开，取出家徽外褂，换掉穿来的黑色外褂，到这里没有什么大疏失，但接下来就完蛋了。我站着脱掉蓝足袋，换上白足袋之际，因为脚底出汗，无法顺利脱掉，于是心一横用力一拉，顿时重心不稳，跌了一个踉跄出糗。

"啊，这个。"我又说了莫名其妙的话，卑屈地笑了笑，在式台上盘腿而坐，又摸又拉像是在安抚似的，一点一点慢慢将白足袋套上脚，时而用手帕擦擦额头上的汗水，又默默地穿足袋。这时周围的气氛一片黯淡，我甚至想自暴自弃，干脆光着脚丫走上式台，然后纵声大笑。但我旁边的小坂先生，依然一脸严肃，始终保持威仪地端坐着。五分钟，十分钟，我继续和足袋苦战恶斗，终于两只都穿上了。

1. 式台：玄关里高一阶的地板处，主人迎送客人之处。

“来，请进。”宛如什么事都没发生过，小坂以极其沉稳的态度带我进入室内。小坂夫人似乎早已过世，一切都由小坂先生打理。

我为了穿足袋，已经筋疲力尽。尽管如此，我还是把带来的下聘用品放在原木的台架上，递出去。

“这次，真的——”我说着从《礼法全书》学到的致辞，“请多多指教。”终于顺利说完后，出现一位三十出头的美女，沉静地向我行了一礼。

“您好，我是正子的姐姐。”

“哦，请多多指教。”我有些仓皇失措地回礼。接着，又出现一位三十岁左右的美女。这位打招呼时也说是姐姐。老是对四面八方的人说“请多多指教，请多多指教”，自己都觉得有点蠢，于是这次我改说：

“请永远多多照顾。”接下来女主角终于登场。她穿着绿色和服，羞答答地向我打招呼。这是我第一次见到正子小姐，非常年轻，而且非常漂亮。想到友人的幸福，我微微一笑。

“嗨，恭喜你。”现在是对好朋友的未婚妻讲话，我说得稍微亲切、随便了些。

“请多指教。”

姐姐们陆续端来各种山珍海味。一个年约五岁的男孩黏着大姐，二姐则有个年约三岁的女孩，步伐不稳地跟在她的后面。

“来，喝杯酒。”小坂先生为我斟啤酒，“很抱歉，没人能陪你畅饮。——其实我年轻时也很能喝，现在完全不行了。”他笑了笑，用手摸摸秃得发亮的头。

“恕我失礼，您多大年纪？”

“已经九了。”

“五十？”

“不，六十九。”

“您真的很硬朗啊。日前第一次见到您，我就这么想了，您是不是武士家族出身？”

“不敢当。我的祖先是会津的藩士。”

“那您自幼就练剑术？”

“没有。”大姐沉静地笑了笑，并向我劝酒，“家父什么也不会。祖父则是长枪的——”说到这里欲言又止，似乎想避免炫耀就此打住。

“长枪。”我紧张了起来。我未曾对别人的财富或名声有过敬畏之念，但不知为何，唯独对武术高手非常紧张。可能是我比一般人更软弱无力之故。因此暗自对小坂一族萌生敬意。千万不能大意，要是得意忘形说了蠢话，被怒骂“无礼之徒”就不好玩了。毕竟对方是长枪名人的后代。于是我的话明显变少了。

“来，请用。虽然不是什么山珍海味，请别客气，多吃点。”小坂先生再三劝菜，“来，斟酒斟酒。请您好好喝一杯。来，请喝，好好喝。”他竟说“好好喝”，听起来像是教训我要像个男子汉，以认真的态度喝酒。这或许是会津的习惯说法，我却觉得有些可怕。但我还是好好地喝了。喝是喝了，但找不到话题。因为我对长枪名人的子孙极度谨慎，不禁畏缩了起来。

“那张照片……”房间的门楣上，挂着一幅年约四十、穿着西装的绅士照，“是谁？”话一出口，我提心吊胆，生怕自己问了不该问的事。

“哎呀。”大姐脸红了起来，“应该先把它拿下来才对，今天是大喜日子。”

“没关系。”小坂先生回头瞥了一眼照片说，“这是我的大女婿。”

“过世了？”我心想一定过世了，却也直接脱口问出，被自己吓得惊慌失措。

“是啊，不过……”大姐垂下眼帘，“请您千万别介意。”然后语气有点怪，支支吾吾地说，“实在很感谢大家的包容……”

“姐夫在世的话，一定会很高兴吧。”二姐从大姐的背后探出美丽的笑容说，“很不巧，我家老公也在出差。”

“出差？”我一头雾水。

“是啊，已经出差很久了。每次写信回来，一点都不关心我和小孩，只会问院子里的花草树木长得怎么样。”二姐说完和大姐一起笑了。

“因为他喜欢庭院的花草树木嘛。”小坂先生苦笑，“来，喝啤酒，好好喝。”

我只是好好地喝着啤酒，真是愚蠢的男人。人家是在说“战死”与“出征”。

这天，我和小坂先生谈定了结婚日期。无须翻日历找所谓的“灭佛”或“大安”，就定为四月二十九日。应该没有比这天更是黄道吉日的了。地点在小坂家附近的一家中国餐馆，因为这家餐馆有日式传统婚礼设备。总之，这方面的事都交给小坂先生打点。媒人的部分，我想请以前大学教我们东洋美术史，也曾为大隅介绍工作的濑川老师来帮忙。当我支支吾吾说出这个提案，小坂一家人也欣然同意。

“濑川老师的话，大隅应该也不会不服。不过濑川老师是个很难伺候的人，不晓得他会不会答应。总之我今天就去拜访老师，恳求看看。”

趁没有大失败之前，赶紧告辞才是明智之举。我这位思虑谨慎的下聘使者一边说着“我已经喝得很醉，真的是酩酊大醉”，一边又用包袱巾包起家徽外褂与白足袋，总算平安离开会津藩士的宅邸，但我的任务尚未结束。

我在五反田车站前打公共电话，询问濑川老师的时间。老师在去年春天，和同系的年轻教授发生意见冲突，遭到难以容忍的侮辱，因此辞去大学教职，现在于牛込的家中，过着堪称晴耕雨读的悠哉惬意生活。我以前是个很不用功的大学生，但对濑川老师不虚矫的人格也深感佩服，所以唯独这位老师的课，我都努力出席，也曾两三次去研究室问他离谱的蠢问题，使得老师瞠目结舌。后来我寄了我的作品集给他，他回信激励我：“迟钝更应自重，有志者事竟成。”看了这短短的信笺我更加明白，原来在老师眼里，我是个很笨很没出息的人。感谢老师的鼓励之余，我也不免深深苦笑。不过既然老师认为我是没出息的人，反倒让我觉得轻松。若被濑川老师这种人物看成前途无量的人，反而会让我拘谨得受不了吧。反正老师认为我没出息，我也不用对他装模作样，反而能随心所欲地做事。这天，我睽违多年来到老师家，向老师报告大隅的婚事，顺便不客气地请他当媒人。老师听了转过头去，默默沉思了片刻，终于勉强点头了。我松了一口气。这样就没问题了。

“谢谢老师。毕竟女方的爷爷是长枪名人，所以大隅也不能掉以轻心。这一点也请老师提醒一下大隅。那家伙实在太粗心了。”

“这点不用担心吧。武家的女儿，反而很尊敬男人。”老师一脸认真地说，

“倒是那个情况如何？大隅的头好像秃得很严重？”

果然对老师而言，最先在意的还是大隅的秃头。真是师恩比海深，我都要感动落泪了。

“我想应该不要紧吧。我看过他从北京寄来的照片，没有比以前更秃。而且听说现在有一种意大利制的特效药，更何况女方的家长小坂吉之助先生，顶上更秃——”

“年纪大了会秃头是理所当然。”老师面色忧郁地说。他的头也很秃。

数日后，大隅忠太郎提着一只折叠式公文包，动作迟钝地出现在我三鹰陋室的玄关。他远从北京回来迎娶新娘，脸晒得很黑，显得颇为精悍，一看就是历尽生活艰辛的脸。这也是无可奈何的事，毕竟任谁都无法永远当高雅的少爷。不过头发比以前密了些，这样濑川老师也能放心

了吧。

“恭喜你。”我笑着道贺。

“哦，这次辛苦你了。”北京来的新郎显得落落大方。

“要不要换上棉袍？”

“嗯，借我穿。”新郎松开领带又说，“你有没有新的内裤，顺便借我一件。”不知何时，他甚至学会了这种豪放风格。这种毫不胆怯的说话态度，反而让他看起来有男子气概，很靠得住。

不久，我们一起去澡堂。天气很好。大隅仰望蓝天说：

“不过东京还真悠哉啊。”

“会吗？”

“很悠哉。北京可不是这样。”我好像代表全东京的人被骂。我很想跟他说，尽管看在旅行者眼里很悠哉，其实大家都很拼命努力在过活。但说出口的却是：“可能是有些不够紧张之处吧。”结果说出口的和我想的相反。我这个人不喜欢议论。

“确实。”大隅昂然地说。

从澡堂回来，吃了偏早的晚餐。酒也端上桌。

“居然还有酒啊，”大隅喝着酒，以训斥的口气对我说，“而且菜也出了这么多道。你们命也太好了。”

因为大隅要从北京来，内人打从四五天前就一点一点买回来储藏，甚至还去派出所办理应急米的手续。酒也是今天早上，到世田谷姐姐那里要来的配给酒。但若说出这些实情，客人会不舒服。一直到婚礼当天，大隅会在我家住一星期。所以尽管大隅骂我，我也只是默默地一笑置之。他暌违五年回到东京，想必很兴奋。这次他丝毫没有提及结婚之事，倒是以演讲的口气，对我开示世界大势。啊，可是人不该陈述十分之一以上的知识。住在东京的庸俗友人，神妙地拜听来自北京的朋友夸夸而谈解说时事，多少也会吃不消。我只是个相信新闻报道、不想知道更多事情的极其平凡的国民。但对大隅而言，看到这个暌违五年的东京友人，依然一副迂腐温吞的模样，或许忍不住技痒吧，遂而大肆批评我们的生活态度。

“你累了吧，要不要睡了？”我趁他滔滔畅谈停顿之际扔出这句话。

“好，睡觉吧。把晚报放在我的枕头旁。”

翌晨，我九点起床。通常我都八点以前起床，但昨晚陪大隅聊天，有点睡过头。可是大隅却迟迟不起床。到了十点多，我决定先收起我的棉被。大隅躺在床上，斜眼看我蹦蹦跳跳的干活模样说：

“你变成很轻佻的男人啦。”说完又把棉被往头上盖。

今天，我要带大隅去小坂家。大隅和小坂先生的千金还没见过面，只靠彼此的家谱与照片，以及居中牵线的山田勇吉的证言，便缔结了这桩姻缘。毕竟两人相隔北京与东京。大隅也忙得不可开交，无法只是为了相亲来一趟东京。因此今天是第一次见面。这或许是人生最重要的日子，但大隅却一副泰然自若的样子。到了十一点左右，大隅终于醒了，问有没有报纸，然后趴在床上仔细阅读早报。看完报纸去檐廊抽中国烟。

“要不要刮个胡子？”我打从一早就焦躁不安。

“没这个必要吧。”他却意外地洒脱，宛如在轻蔑我小家子气。

“可是今天，是要去小坂家吧？”

“嗯，就去看看吧。”什么就去看看吧，是要见你的新娘。

“她可是大美人。”我希望大隅能稍微天真地雀跃一下，“你还没见到她，我就先见过了，真是不好意思。虽然只是稍微瞄了一眼，但觉得美得像樱花一样。”

“你对女人的审美眼光太单纯了。”

我觉得很不是滋味，很想干脆呛他一句，既然这么没兴致，干吗大老远从北京跑来？但我是个意志薄弱的男人，到口的话还是吞了回去，不想引发尴尬的冲突。

“对方可是名门世家。”说这句话，我真是竭尽全力。因为我不能说，你根本配不上人家。我不喜欢争论，“通常谈婚事的时候，大多会炫耀自己的地位或财富，但小坂先生完全不提这种事，他只说相信你。”

“因为他是武士呀。”大隅轻松带过，“正因如此，我才专程从北京赶来啊。要不然我才——”口气真大，“毕竟他们是荣誉之家。”

“荣誉之家？”

“大女婿三四年前在华北战死，妻小现在应该住在小坂家。二女婿是入赘小坂家，很早就出征了，听说正在南方参战。你不知道吗？”

“原来如此。”我觉得很丢脸。想起那天，我只顾着人家劝酒，我就“好好地”喝啤酒，像个傻瓜似的，看到门楣的照片还问了无礼至极的问题，最后还扬扬得意地离开。想到我那犹如日本第一蠢蛋的行径，脸颊红了，耳朵红了，连胃腑都红了。

“这是最重要的事吧，你怎没事先跟我说？害我丢脸丢大了。”

“那无所谓。”

“怎么会无所谓，那可是大事！”我的口气明显愤怒起来，即使跟他吵架也在所不惜，“你也太不像话了！这么重要的事居然没跟我说一声，未免太不够朋友了。我不想再管你这档事了。我不敢再去小坂家。今天要去，你自己去！我不去了！”

人羞耻到无地自容，会乱发脾气。

我们尴尬地吃着偏晚的早餐。总之，我今天不想去小坂家。我汗颜到不敢再去。我甚至气呼呼地想，这桩婚事泡汤了也无所谓，随便你！

“你可以自己去吧。我还有别的事要办。”我装出有事要办，匆忙出门。

可是我无处可去。忽然想到，去牛込找濑川老师，向他吐吐苦水吧。所幸老师在家。我将大隅来东京的事向老师报告：

“那家伙真的很糟糕，不但对结婚不抱感激之意，还完全不当一回事。只会高谈阔论天下国家，还把我骂了一顿。”

“事情应该不是这样。”老师沉着地说，“他只是害羞吧。大隅开心的时候，反而会摆出一张臭脸。这是他的坏毛病。每个人都有一些毛病，你就别跟他计较吧。”真是师恩比山高。“倒是，他顶上的毛怎么样？”老师还是最关心这个。

“没什么问题，算是维持现状吧。”

“那真是大幸啊。”老师似乎由衷放心了，“这样就没什么好担心了。我也可以大大方方去当媒人。听说对方的千金既年轻又漂亮，我原本还很担心呢。”

“真的是个美女。”我兴致勃勃地说，“我都觉得那家伙配不上人家呢。对方是名门世家，也是相当不错的企业家，但丝毫不炫耀自己的财产和地位，甚至没有摆出荣誉之家的架子，过着恭谨低调恬适的日子。那种家庭很罕见啊。”

“荣誉之家？”我将荣誉之家的缘由告诉老师，也再度责备大隅无动于衷的态度。

“今天他要和未婚妻首度见面，却悠悠哉哉睡到十一点。气得我都想揍他一顿。”

“不可以打架。大学同学毕业后，即便感情很好，也有为无聊小事赌气吵架的倾向。大隅只是害羞，其实他也很尊敬小坂家，说不定比你更尊敬，所以才会更害羞。况且大隅年纪也不小了，头发也愈来愈稀，反而变得更害羞，不知如何是好吧。你要体谅他的心情啊。”真是知徒莫若师，“他只是不善于表达，不知如何是好，便谈起天下国家，还把你骂了一顿，然后还睡到十一点，这些都是他煞费苦心在掩饰自己的害羞吧。他以前就是个感觉敏锐，但拙于表达的男人。你就体谅他吧。他现在只能靠你，你也很帮忙，不是吗？”

彻底被老师打败了。

回程，我顺便去了新宿两三家酒馆，很晚才回家。大隅已经睡了。

“你有没有去小坂家？”

“去过了。”

“很不错的家庭吧？”

“很不错的家庭。”

“你要懂得感恩。”

“我懂。”

“你不要太傲慢。明天去濑川老师家跟人家道谢。别忘了‘仰瞻师道山高’这句歌词[1]。”

四月二十九日，大隅的婚礼在目黑的中国餐馆举行。据说今天是个黄道吉日，在这里举行婚礼的新人超过三百

1. 出自一八八四年日本发布的歌曲《仰望师恩》（仰げば尊し）。此曲据说源自苏格兰民谣，在世界上广为流传，亦曾被改编为中文歌曲《青青校树》。

对。大隅没有礼服，却故作豪迈磊落地说：“没关系没关系。”穿着西装便走进餐馆，可是在玄关和走廊，到处看到穿着礼服的人。大隅再怎么无所谓也担心起来，竟然以微愠的口气对我说：“喂，这家餐馆有没有出租礼服？去帮我租一套。”既然要租礼服就早说嘛，我还有方法可想，事到如今才说这种话，未免太为难人。但我还是从休息室打电话去问柜台，果然碰了钉子。餐馆的人说，他们并非没有礼服出租，但要一星期前预约才行。大隅摆出一张臭脸，以责备的眼神瞪着我，仿佛在说：“都是你的错。”婚礼预定下午五点举行，只剩三十分钟。我束手无策，只好到隔着纸门的小坂家休息室求救。

“因为出了一点差错，大隅的礼服来不及送到。”我撒了小谎。

“哦。”小坂吉之助先生沉稳地说，“没关系，我们来想办法。”接着小声呼叫二姐，“你那里有礼服吧。打电话叫人立刻送来。”

“我才不要呢。”二姐当下拒绝，脸颊泛起红晕，羞答答地笑说，“他不在的时候，我不要别人碰它。”

“什么？”小坂先生不太明白，“你在说什么啊？又不是借给不认识的人。”

“爸爸，”大姐也笑说，“她当然不肯啊。爸爸你不懂。在丈夫回来之前，不管再亲的人都不能碰，一定要保持原状才行。”

“别说这种傻话。”小坂先生五味杂陈地笑了。

“才不是傻话。”大姐喃喃低语，霎时表情变得极其严肃，但随即又笑了出来，“我把我家那件礼服借他吧。或许有点樟脑丸味，应该不要紧吧。”然后转而对我明说，“我先生已经不需要任何衣服了。如果他的礼服能在这种大喜之日派上用场，我想他也会很高兴，应该会原谅我。”说完爽朗地笑了。

“好，不……”我答得意义不明。

走到走廊，看到大隅双手插在长裤口袋里，板着脸来回踱步。我拍拍他的背说：

“你很幸福。大姐愿意把他们家的传家宝礼服借你穿。”大隅似乎立即明白传家宝的意思。

“哦，是吗？”虽然他以一贯鹰扬的态度点点头，但看起来似乎满怀感激。

“二姐虽然不肯借，但是你要知道，二姐也很了不起，说不定比大姐更了不起。你懂不懂？”

“我懂。”他高傲地说。濑川老师说，大隅是个感觉敏锐，但拙于表达的男人。我此刻完全同意老师的看法。

不过，大姐慎重其事捧着犹如诹访法性兜[1]般的传家宝礼服来到我们的休息室时，大隅表现得可圈可点。他面带笑容，流下两行热泪。

1. 诹访法性兜：武田信玄珍藏的头盔。

东京来信

东京，现在有很多劳动少女。早晚，工厂上下班时，少女们排成两列纵队，合唱产业战士[1]之歌，行进在东京街头。她们穿的衣服几乎和男生一样，不过木屐的鞋带是红的，只有这一点保留了女孩味。每个女孩的脸都长得一样，连年龄都猜不太出来。将一切奉献给天皇后，人也许连脸部特征、外表年龄，甚至美丽都会失去。不仅漫步于东京街头时能感受到，看到这些女孩作业或值勤中的模样，更能让人清楚地明白，她们是丧失了个人特征，将所

1. 产业战士：日本在“二战”时，劳动者被称为产业战士，支撑着战争。

谓的“个人事情”全数抛在脑后，全心全意为国奉献的。

日前，我的一位画家朋友被征用[1]去一家工厂工作，我有事找这位画家，因此最近去了这家工厂三次。我是想请他帮我画即将出版的小说集封面。但事实上，我非常瞧不起这位画家的画，之前这位画家也曾几度向我表示，想画我小说集的封面，但我对他说，我的书原本就风评不好，让你画的话风评会更差，真的很抱歉，如此断然拒绝了。实际上，他的画也真的技巧拙劣。但这次进入工厂后，竟又提出奇妙的请求，说他已重新构思，非常希望能画我小说集的封面，拜托我去他上班的工厂找他，他要画给我看。这时我已觉得，画得差无所谓，我的小说集风评变差也无所谓。这种事不重要。若能借由画我小说集的封面，让他身为征用工的士气更为高扬，这才是最重要的。我收到他那令人心疼的信，便立刻前往他上班的工厂。他非常高兴地迎接我，告诉我他对于封面设计的各种腹稿。但这些腹稿也不太好。坦白说，净是陈腐、甜腻的东西，听得我瞠目结舌，可是现在这种情况，画得好不好不是问

1. 征用：战争时期国家强制动员国民，去做兵役以外的工作。

题。我这本小说集，也许会因为他的画而毁了，但这种事根本不重要。只要他能展现出男子气概就够了。他热情地向我说完无聊的腹稿后，接着又屡屡写信来，叫我去看他画好的无聊草图，因此我又得去他的工厂。

走进工厂大门，我向守卫出示他的明信片，进到办公室后，里面有十来个女孩，静静地在工作。我将来意告诉其中一位女孩，请她打电话去那位画家的值班房间。他住在工厂里的一间房间，明信片里也注明了他的休息时间，所以我是趁他的休息时刻来访的。他来到办公室之前，我坐在办公室一角的小椅子上，茫然地等待。但也并非只是茫然地等，我偷偷观察眼前十来个劳动少女。大家都冷静沉着，彻底无视我的存在。我从小就遭女孩无视，已经很习惯了，所以也不怎么惊讶。不过这种无视的方式，丝毫不见高傲的态度，也看不出别有用意，只是每个人都一样低着头，专心工作。这种静谧的气氛，没有因访客出入而有变化，办公室只听得见拨算盘与翻阅账簿的清爽声音，是一幅赏心悦目的景象。每个女孩的脸，都不会给人特殊的印象，宛如同色羽翅的蝴蝶，悄悄地并排停在花朵的枝头上。但有一位女孩，不知为何让我印象深刻。这在劳动少女里是相当罕见的现象。前面我也提过，劳动少女，每一个都不具个人特征，可是在这家工厂的办公室，有个女孩给我的感受，和其他女孩截然不同。她的脸不特别，脸型略长，肤色浅黑；服装不特别，和大家一样穿黑色工作服；发型也是普普通通。所有的一切都和大家一样。可是她宛如混在黑凤蝶中的绿彩蝶般鲜明亮丽，散发出与众不同之美。没错，真的很美。完全没有化妆，却显得与众不同，真的很美。我感到非常不可思议。坦白说，我在办公室等那位画家时，一直在看这位奇特少女的脸。我下了颇为合理的判断，认为这是继承了祖先的血统。她的父亲或母亲一定继承了几代延续的高贵血统，因此虽然长相不特殊，却也散发出这种奇特的气质。祖先的血脉，对人是很重要的。得出这个结论后，我叹了一口气，暗自兴奋不已。但事实并非如此。我这种自以为是的看法，其实错得离谱。她那与众不同之美，是来自堪称更为严肃崇高、走投无路的现实。有一天傍晚，我结束第三次拜访，要踏出工厂大门时，背后忽然传来少女们的合唱声，我回头一看，结束当天工作的少女们排成两列纵队，齐声高唱产业战士之歌，从工厂的中庭走出来。我停下脚步，目送这支神采奕奕的队伍。然后我惊愕不已。那位办公室少女，独自走在最后面，拄着拐杖走来。看着看着，我不禁眼眶发热。难怪她这么美。这位少女好像天生跛脚，右脚的脚踝处……我不忍再说下去。她拄着拐杖，默默走过我的面前。

辑二 幻灭

我不太喜欢听
别人的恋爱故事，
因为恋爱故事里，
一定有所粉饰。

香鱼小姐

佐野是我的朋友。虽然我比佐野大上十一岁，但我们依然是朋友。

佐野现在就读东京某大学的文科，可是成绩不太好，可能会留级。我也曾含糊其词地给他忠告：“你就稍微用功一下嘛。”但那时佐野双手抱胸，垂着头，低声喃喃地说：“既然如此，只好当小说家，别无他法。”我听了不禁苦笑。他好像认为只有讨厌做学问、脑筋差的人，才会去当小说家。这个姑且不谈，佐野最近似乎认真起来，真的认定除了当小说家外别无他法。或许是愈来愈确定必须留级了，因此现在“既然如此，只好当小说家，别无他法”已经不是玩笑话，而是下定决心，所以佐野最近的日常生活过得很悠哉。他才二十二岁，看他正襟端坐于本乡的租屋处房间里，一个人对着棋盘独自弈棋，令人感到一种云中白鹤的悠闲。他也常常穿着西装去旅行，包包里放着稿纸、笔、墨水，还有《恶之花》《圣经·新约》《战争与和平》（第一卷）等书，以及其他东西。他会在温泉旅馆的房间里，倚着壁龛的柱子，泰然自若地坐着，在桌上摊开稿纸，懒洋洋地吐出烟圈，望着它飘向何方，拨撩长发，稍稍清了清嗓子，便有几分文人墨客的风情。不过，对于这种附庸风雅的故作姿态，他也一下子就累了，便起身出去散步。他有时也会向旅馆借钓竿，去溪流边钓樱鳟，但一条也没钓到。其实他也不是那么爱钓鱼，嫌换鱼饵太麻烦，所以大多用蚊钩[1]钓鱼。他在东京买了几种上好蚊钩，放在钱包里带去旅行。明明不是那么爱钓鱼，为何特地买鱼钩带去旅行，非钓不行呢？其实也没什么，只是，只是，想体会隐士的心情罢了。

1. 蚊钩：用羽毛做的蚊形假鱼饵钓钩。

今年六月，香鱼解禁那天，佐野也把稿纸、笔、《战争与和平》放进包包，钱包里藏了几种蚊钩，前往伊豆某个温泉区。

过了四五天，他买了一堆香鱼返回东京。听说在温泉区时，他钓了两条柳叶大的香鱼，得意扬扬带回旅馆炫耀，不料被旅馆的人嘲笑，这使他不知所措。尽管如此，他还是请旅馆把这两条香鱼炸给他吃。吃晚饭时，他看到偌大的盘子里躺着两条像小指头般的“碎片”，不由得恼羞成怒。

回来后，他也带着上好的香鱼当伴手礼来我家。他向我坦承这是他在伊豆的鲜鱼店买的，说法十分无耻：“虽然有人可以轻易钓到这么点大的香鱼，但我不屑钓。钓这么点大的香鱼，多难为情啊。我说了理由后，店家就给我这两条大香鱼。”这算哪门子的坦承啊。

不过这次旅行，还有一个奇妙的伴手礼。他说，他想结婚。他在伊豆找到一个好对象。

“这样啊。”我完全不想听详情。我不太喜欢听别人的恋爱故事，因为恋爱故事里，一定有所粉饰。

我兴趣缺缺地随便应和，但佐野并不在乎，径自滔滔不绝说他找到好对象的事。看起来不像在撒谎，说得蛮直率的，所以我也就勉为其难听到最后。

他去伊豆那天，是五月三十一日晚上。当晚他在旅馆喝了一瓶酒，倒头就睡，他请旅馆一早叫醒他，翌晨，就扛着钓竿悠哉出门。虽然有些睡眼惺忪，但还是摆出骚人墨客的调调，踩着夏草走向河边。草露冰凉，舒爽无比。爬上河堤，松叶牡丹与姬百合竞相绽放。忽地往前方一看，一位穿着绿色睡衣的小姐居然拉起裙摆，一双白皙修长的腿露到膝盖以上，不，还要再上去一点，光着脚走在青草上，看起来好纯净、好美。她离佐野不到十米。

“喂！”佐野天真无邪，不由得高声叫唤，而且指着她那双白嫩得透明的双腿。小姐并不惊讶，只是浅浅一笑，放下裙摆。她或许是在做每天例行的晨间散步。佐野对自己伸出右手指的举动，感到难为情，后悔自己居然伸出手指着初次见面的小姐的腿，实在太失礼了。“这样不行啊……”佐野以责备的口吻，喃喃说着这句语意不清的话，忽地穿过小姐旁边，头也不回地快步走开，还不慎跌了一跤，这才改成慢慢走。

佐野下到河边，在一棵树干粗得能双手环抱的柳树下，坐着钓鱼。这里钓得到鱼吗？这里钓得到鱼吗？这不是问题。只要没有别的钓客，安静的地方就好。幸田露伴[1]也说，钓鱼的乐趣不在收获丰盛，而是一边垂着钓竿，一边欣赏四周景致。佐野也十分赞同这个说法，而且他原本是为了训练文人的魂魄才开始钓鱼的，所以钓不钓得到，完全不成问题。只是静静地垂钓，专注地欣赏四周景致即可。河水潺潺地流着，香鱼很快就游过来啄蚊钩，但旋即又转身逃走。佐野不禁暗自赞叹，逃得真快。对岸开着绣球花，竹丛里绽放的红色花朵是夹竹桃。佐野不觉有点困了。

“钓得到吗？”忽然传来女人的声音。

佐野懒洋洋地回头一看，竟是刚才那位小姐，穿着简单的白色衣服站在那里，肩上扛着钓竿。

“不，怎么钓得到呢？”这话答得莫名其妙。

“这样啊。”小姐笑了。看起来不到二十岁，明眸皓齿，颈项白皙丰润宛如要融化般，十分迷人。一切都很美。她拿下肩上的钓竿说：

---

1. 幸田露伴（一八六七—一九四七）：日本小说家，被誉为“钓圣”文豪。

“今天是解禁日，连小孩都钓得到哟。”

“钓不到也无所谓。”

佐野将钓竿轻轻放在河边青草上，抽起香烟。他不是好色青年，反倒是迟钝型的。此时他已不把人家当一回事，一脸毫不在乎，悠哉地吐着烟圈，眺望四周景色。

“这个借我看一下。”小姐拿起佐野的钓竿，把钓线拉过来，看了看钓钩说，

“这个不行。这是钓桃花鱼的蚊钩吧？”佐野觉得颜面尽失，索性仰躺在河边的地上：“一样。我用这个钓钩也能钓到两三条。”他在撒谎。

“我给你一个我的钓钩吧。”小姐从胸前口袋里掏出小纸包，蹲在佐野旁边，开始帮佐野换蚊钩。佐野依然仰躺在地，欣赏着天上的云朵。

“这个蚊钩啊，”小姐一边将金色小蚊钩绑在佐野的钓竿上，一边喃喃地说，

“这个蚊钩有个名字叫阿染。好的蚊钩都有名字。这个叫阿染，名字很可爱吧？”

“这样啊，谢谢你。”佐野不解风情，反倒在心里嘀

咕，什么阿染呀，谁要你啰唆了，快到别的地方去。这种心血来潮的好心，最是令人困扰。

“好，装好了。接下来你就钓得到了。这里很容易钓到鱼，我都在那个岩石上钓哟。”

“小姐，”佐野起身问，“你是东京人吗？”

“咦？你怎么会这么问？”

“没有，只是……”佐野霎时心慌，涨红了脸。

“我是本地人。”小姐的脸也有些泛红，然后低着头，窃窃笑着往岩石那边走去。

佐野拿起钓竿，再度静静垂钓，欣赏四周风景。忽地传来一声巨响，扑通。那确实是扑通的落水声。佐野定睛一看，原来是那位小姐从岩石上掉到河里，水淹到她的胸口，她紧握钓竿，“哎呀呀”地爬上岸边，活像一只落汤鸡。白色洋装湿漉漉地紧贴双腿。

佐野笑了，笑得好开心，一副幸灾乐祸的样子觉得她活该，丝毫不起同情之心。但他忽然收起笑声，指着小姐的胸部尖叫：

“血！”

早上指着人家的腿，现在指着人家的胸。小姐简单的白色洋装胸前渗出的血，晕染成一朵血红色的玫瑰花。

她低头俯视自己的胸口，若无其事地说：

“这是桑葚。我把桑葚放在胸前的口袋里，原本想待会儿要吃，这下没得吃了。”

可能是从岩石滑落时，压到了桑葚。佐野再度觉得颜面尽失。小姐丢下一句“别看”便转身离去，消失在河岸的棣棠花丛里。第二天、第三天，她都没有再来河边。唯有佐野依然悠哉地在那棵柳树下垂钓，愉快地欣赏周遭景致。他似乎不想再见到那位小姐。虽然佐野不是好色青年，但也未免太迟钝了。

欣赏了三天河岸风景，钓到两条香鱼。这一定是拜“阿染”蚊钩所赐。钓到的香鱼只有柳叶般大，他请旅馆炸给他吃，心情却闷得要命。第四天返回东京，但当天早上他为了买香鱼当伴手礼，走出旅馆时，遇到那位小姐。小姐身穿黄色绢丝洋装，骑着脚踏车。

“嗨，早安。”佐野天真无邪，大声打招呼。

小姐只轻轻点头便走了，而且神情严肃。脚踏车后座载着菖蒲花，白色与紫色的菖蒲花摇晃在枝头。

近午时分，他办好退房手续，右手拎着包包，左手提着塞满冰块的香鱼箱，从旅馆走到巴士站。这条路约有五百米，是一条尘土飞扬的乡间小路。他不时停下脚步，放下行李擦汗，然后叹口气，又继续走。走了约三百米，背后传来声音：

“你要回去了吗？”

佐野回头，看到那位小姐在笑。她拿着一面小国旗，身穿高雅的黄色绢丝洋装，别在头发上的波斯菊人造花也很秀气。但她和一个乡下老爹在一起。老爹身穿木棉的条纹和服，身材矮小，看起来是很耿直的人。他那黝黑粗大的右手，拿着刚才的菖蒲花。佐野见状暗忖，原来她早上骑脚踏车东奔西跑，是为了送花给这位老爹吧。

“怎么样？钓到了吗？”小姐语带揶揄地说。

“没有。”佐野苦笑，“因为你掉到河里去，香鱼都被你吓跑了。”就佐野而言，这是上乘的应答。

“所以水浊掉了吗？”小姐收起笑容，低声嗫嚅。老爹微微一笑，继续往前走。

“你为什么拿着国旗？”佐野试图改变话题。

“因为出征呀。”

“谁出征？”

“我的侄儿。”老爹回答，“他今天出发了。我喝了太多酒，所以在这里过夜。”神情有些羞赧。

“那恭喜你了。”佐野说得很顺口。中日战争刚开打时，佐野总是难以启齿说出这种贺词，不过现在已经能脱口而出，可能是心情也逐渐一致了。佐野认为这是好事。

“因为他很疼爱这个侄儿，”小姐机灵而沉着地说明，“所以昨晚很难过，就在这里过夜了。这不是坏事。我也想给老爷爷打气，所以早上特地去买花送他，还拿这面国旗为他送行。”

“你家是开旅馆的吗？”佐野一无所知。小姐和老爹都笑了。

到了车站，佐野和老爹上了巴士。小姐在窗外挥舞国旗说：

“老爷爷，不可以沮丧，每个人都要去的。”

巴士开动了。佐野不知为何很想哭。

真是好人，那位小姐真是好人，我想和她结婚。佐野一脸认真如此对我说，我无言以对。因为我已经明白怎么回事。

“你还真笨啊。你怎么会这么笨呢！那个小姐才不是旅馆的千金。你仔细想想，她在六月一日，一早就大摇大摆出来散步、钓鱼，到处玩，可是其他的日子不能玩。后来她都没再出现不是吗？这也难怪，因为她每个月只休息一天。懂了吧？”

“对啊，难道是咖啡馆的女侍？”

“是这样还好，不过好像不是。那个老爹，不是羞赧地看着你吗？他是为了过夜感到羞赧吧？”

“啊！我懂了！搞什么嘛！”佐野握紧拳头，重重地往桌上捶。他似乎更坚定地觉悟，既然如此，只好当小说家，别无他法。

千金小姐。我觉得那位香鱼小姐，比好人家出生的千金小姐好上千万倍，她才是真正的千金小姐。啊，但也许我真的是个俗人，若这种境遇的小姐要和我朋友结婚，我一定反对到底。

十二月八日

今天的日记要特别用心写。我来写一九四一年十二月八日，日本的贫困家庭主妇如何度过一天吧。或许百年后，日本举行纪元[1]两千七百年的美丽祭典时，我这本日记会在某个仓库一角被发现，因此得知百年前的重要日子，我们日本主妇过着什么样的生活，也许会成为历史的参考资料。所以尽管我的文笔不好，也绝对不能说谎。写的时候一定要把纪元两千七百年考虑进去，真是一大工程。但

1. 纪元：日本于一八七二年，将日本初代天皇神武天皇即位的公元前六六〇年定为日本纪元的元年。

我就别想得太严肃吧。据外子的批评，我的书信和日记之类的文章，内容正经，而且感觉很迟钝，完全没有感情，所以文章一点都不美。真的，我从小就拘泥于礼仪，虽然心里不是那么一板一眼，但总显得僵硬别扭，不敢天真无邪地笑闹撒娇，真的很吃亏。或许是太贪心造成的。我该好好反省一下。

说到纪元两千七百年，我立刻想起一件事。那是既愚蠢又好笑的事，日前外子的朋友伊马先生，久违地来家里玩，那时我在隔壁房间听他们在客厅谈话，不禁扑哧失笑。

“话说，到这个纪元两千七百年的庆典时，是会念成两千 NANA 百年呢？还是两千 SHICHI[1] 百年呢？我很在意，也很担心，搞得我有点烦闷。你不会在意吗？”伊马先生说。

“嗯……”外子也认真思考，“经你这么一说，我也非常在意。”

“对吧！”伊马先生一本正经地说，“我总觉得，好像

1. 日文的“七”，可念成 NANA（なな），也可念成 SHICHI（しち）。

会念 NANA 百。不过就我个人的希望来说，我希望能念 SHICHI 百。念 NANA 百的话，我不太能接受，总觉得没水平，又不是在说电话号码。这么隆重的事，应该用正式一点的读音。我希望到时候能念 SHICHI 百。”

伊马先生以真心忧虑的语气说着。

“可是，”外子非常装模作样地陈述意见，“或许百年之后，没有 SHICHI 百，也没有 NANA 百，而是出现了截然不同的读法，譬如 NUNU 百。”

我不禁喷笑，真的够扯。外子总是正经八百，和客人聊这种可有可无的事。感情丰富的人真的不一样。我的丈夫靠写小说维生。不过他很懒散，因此收入微薄，日子也是过一天算一天。他都写些什么呢？因为我决定不看他的小说，所以也无法想象。不过好像写得不太好。

啊，我离题了。这样东拉西扯地写，无法写出能保留到纪元两千七百年的好记录。重来一次。

十二月八日。清晨，我在棉被里，一面急着想去做早餐，一面给园子（今年六月生的女儿）喂奶时，清晰地听着不晓得从哪儿传来的收音机广播声。

“陆海军总部宣告，日本帝国陆海军于今天——十二月八日黎明，在西太平洋与英美军进入战斗状态。”

这段广播犹如一道强光，从紧闭的木板套窗射入我昏暗的房里，声音清晰且强烈。接着又朗声重复一次。静静听着这段广播之际，我整个变了一个人，觉得强烈的光线把我的身体照成透明；也像是接收了圣灵的气息，让一枚冰冷的花瓣寄宿在我的心里。日本也从今晨起，变成不同的日本了。

我想告诉睡在隔壁房间的外子，才说了一句：“老公……”

他旋即回答：“我知道！我知道！”

语气有点凶，似乎很紧张的样子。他向来很晚起床，唯独今天一大早就醒了，实在有点怪。可能是艺术家的直觉特别强，所以预先感受到什么吧。这让我有点佩服，不过他接下来说出非常离谱的话，所以又扣了几分。

“西太平洋在哪里啊？旧金山那边吗？”

我失望透顶。不知道怎么搞的，外子毫无地理知识。有时我甚至觉得，他连东西方都搞不清楚吧。前些时候他还跟我说，南极是最热的，北极是最冷的，听得我甚至怀疑他的人格有问题。去年，他去佐渡旅行，回来后跟我说，他从汽船上眺望佐渡的岛影，以为那是满州，简直乱七八糟。这样居然能考上大学，真叫人傻眼。

“所谓西太平洋，应该是日本这边的太平洋吧。”

我如此一说，他不悦地应了一句：

“是吗？”然后沉思片刻说，“可是，我还是第一次听到。美国是东方，日本是西方，这多恶心啊。日本可是日出之国，也称东亚。我一直认为太阳是从日本升起的，可是这样就不对了呀。日本若不是东亚，实在难以接受。难道就没有日本是东方，美国是西方的说法吗？”

他说的话都很奇怪。他的爱国心也很极端，日前还莫名其妙地自豪说，洋鬼子再怎么耀武扬威，也不敢吃这个咸鲣鱼，我们可是什么西餐都敢吃。

我不理外子那奇怪的嘟囔，立刻起身打开木板套窗。天气很好，但气温冻寒。昨夜晾在屋檐的尿布也结冻了，院子里也落霜了。山茶花凛冽绽放。一片静谧。太平洋明明开始战争了，实在不可思议。我深切感受到日本这个国家的难能可贵。

我去井边洗脸，然后要洗园子的尿布时，隔壁太太也出来了。互道早安之后，我说起战争的事："接下来会很辛苦啊。"

不久前隔壁太太才当上邻组长[1]，她以为我在说这件事，一脸难为情地回答：

"哪里，我什么都不会啊。"

反倒是我不好意思起来。

我猜隔壁太太倒也不是没想到战争的事，一定是对邻组长的重责大任感到很紧张，所以我反而对她过意不去。今后邻组长确实也会很辛苦。因为和演习的时候不同，万一空袭真的来了，她的责任重大。我或许会背着园子去乡下避难，而外子会独自留在这里守护这个家吧。他才是什么都不会的人，或许什么都派不上用场，真叫人担心。其实我之前就叫他做些准备，可是他连国民服[2]都没准

1. 邻组长：邻组为"二战"时日本小区居委会的下级组织，邻组长负责策划执行小区内信息传达、粮食与其他生活必需品的配给，以及防空、防火等工作。

2. 国民服：日本于一九四〇年太平洋战争期间发布的日本国民男子标准服，类似军服。

备，万一要穿就麻烦了。他是很懒的人，我若默默帮他准备好，他虽然会念："这是什么东西呀。"不过内心应该会松一口气，也愿意穿上吧。可是他的尺寸特别大，万一买回来不合身也不行。真的很难啊。

外子今天在七点左右起床，早餐也很快地吃完，立刻着手工作。这个月好像有很多琐碎的工作。吃早餐时，我不由得说："日本真的不要紧吗？"

"就是不要紧才打的，一定会赢。"

外子答得慎重其事。虽然他向来谎话连篇，压根儿靠不住，但这次郑重其事地说这句话，我坚信不移……

收音机从刚才就一直播放军歌，拼命地播，一首接着一首，播放各种军歌。不晓得是不是没歌播了，连《管他敌人千千万》这种八百年前的军歌都播出来，害我一个人不禁失笑。我喜欢广播电台的天真无邪。我家因为外子很讨厌收音机，所以从没买过。而我过去也没想过要收音机，但是现在，我好希望能有一台收音机。我想听很多很多新闻。跟外子谈谈看吧，我觉得他会买给我。

近中午时，重大新闻接踵传来，我实在受不了了，抱着园子到外面去，站在隔壁邻居的枫树下，侧耳倾听隔壁的收音机。马来半岛奇袭登陆，攻击香港，宣战诏书。我抱着园子，不停地流泪，好难过。回家后，我将刚才听到的新闻告诉工作中的外子。外子全部听完后，说："这样啊。"

说完笑了笑，站了起来，又坐下去。一副坐立难安的样子。

中午过后不久，外子终于完成一件工作，带着稿子匆匆出门。他是送稿子去杂志社，不过看他那个样子，可能又会很晚回来。他那样逃跑般匆匆出门时，通常会很晚回来。不管多晚回来，只要不在外面过夜，我倒是无所谓。

送外子出门后，我烤了沙丁鱼干串，简单吃完午餐后，背着园子去车站买东西。途中，顺道去龟井家。因为外子的乡下老家寄了很多苹果来，我包了一点，想送给龟井家的悠乃（可爱的五岁女孩）。悠乃站在门口，抬头看到我来，立刻啪嗒啪嗒跑去玄关，对着里面叫："妈妈！园子来了！"园子在我背上，对龟井夫妇大大地展露笑容。龟井太太直呼"好可爱，好可爱呀"，夸奖园子。龟井先生穿着夹克，看起来非常威武地走来玄关，听说他刚才还在檐廊的下面铺草席。

“你好。在檐廊的下面爬来爬去，痛苦的程度不亚于敌前登陆。一身脏兮兮的，抱歉。”龟井先生说。

究竟为什么要在檐廊的下面铺草席？是空袭时要爬进去吗？真是怪了。

但龟井先生和外子不同，他真的很爱家，让我好生羡慕。据说他以前更爱家，但外子搬来这附近后，教龟井先生喝酒，所以现在变得有点浑。龟井太太也一定很恨外子吧。

龟井家的门前，摆着拍火的拍子和形状怪异很像钉耙的东西，似乎对战争已有所准备。但我家什么都没有，因为外子太懒，无可奈何。

“哇，你们都准备好了。”

我这么一说，龟井先生神采奕奕地回答：

“是啊，毕竟我是邻组长嘛。”

龟井太太在一旁小声纠正：

“其实他是副组长，因为组长年事已高，所以由他代理组长的工作。”

龟井太太的先生真的很勤快，和外子有天壤之别。

收了他们回送的甜点，我在玄关告辞。

接着去邮局领取《新潮》的稿费六十五圆，然后去市场。市场还是老样子，没什么东西。果然还是只能买乌贼和沙丁鱼干串。乌贼两只，四十钱。沙丁鱼干串，二十钱。我在市场又听到收音机广播。

广播陆续发布重大新闻。空袭菲律宾、关岛，袭击夏威夷，歼灭美国舰队，“帝国”政府声明。我惭愧得浑身发抖，很想感谢大家。我默默地站在市场的收音机前，不久有两三个女人说：“我们也去听吧。”之后便聚集到我旁边来。两三个人，变成四五个人，最后将近十人。

离开市场后，我去车站前的商店帮外子买香烟。城镇的景象丝毫没变，只是卖菜的店门口，贴上了新闻报道。店面的模样、人们的交谈，也和平常没有两样。这种肃静的氛围，让人感到踏实。今天有一点钱，我大胆地买了我的鞋子。我完全不知道连这种东西，这个月起三圆以上就要课两成税。早知道会这样上个月底就买了。不过这时候囤积物品是卑鄙无耻的事，我不喜欢。鞋子花了六圆二十钱。我还另外买了面霜三十五钱，信封三十一钱，然后回家。

回家不久，早稻田大学的佐藤同学来访，说决定一毕业就要入伍，前来辞行。很不巧地，外子不在家，实在遗憾。我只能打从心底致意，请保重。佐藤同学刚走，帝大的堤同学也来了。可喜可贺，堤同学毕业了，但也随即决定接受入伍体检，结果是第三乙[1]，他说很遗憾。佐藤同学和堤同学，以前都留长发，现在都理了大光头，这使我不禁感慨万千，学生也真的很辛苦。

傍晚，许久不见的今先生也拄着手杖来了，因为外子不在，真的很遗憾。因为他大老远专程来到三鹰这种郊区，外子却不在，又得马上大老远地回去。归途上，他心情一定很差吧。想到这里，我心情也黯淡了下来。

正要做晚饭时，隔壁太太来找我商量，说十二月的清酒配给券下来了，可是邻组九户人家只有一升券六张，该

---

1. 第三乙：日本一九二七年颁布的《兵役法》中，将接受征兵检查的对象的身体状况分为甲、乙（第一乙—第三乙）、丙、丁、戊五种。乙等代表对象身体条件一般，会在现役军人不足的情况下被抽选入伍，没被抽中的则作为预备役。

怎么办？我原想照顺序轮流分配，但九户人家都想要，所以就决定把六升分为九份，立刻搜集瓶子去伊势元酒铺买酒。因为我正在做晚饭，没跟着去。但告一个段落后，我背着园子要去看看情况时，在途中看到邻组的人各抱着一瓶或两瓶酒回来了。我连忙上去抱了一瓶，和大家一起回来。然后在隔壁组长家的玄关，将酒分成九等份。把九个容量一升的酒瓶排成一列，仔细比较分量，一定要分成一样高。要把六升酒分成九份，实在很不容易。

晚报来了，难得有四页。斗大的铅字印着“帝国向英美宣战”。内容大致和我今天听到的广播新闻一样。但我还是从头到尾，一字不漏地看，再度深受感动。

一个人吃晚饭，然后背园子去澡堂洗澡。啊，把园子放进热水里，是我生活里最最最开心的时候。园子很喜欢热水，把她放进热水里，她都好高兴。在热水中缩着手脚，仰着小脸，凝神看着抱她的我。她或许觉得有些不安吧。别人也似乎觉得自己的宝宝最最可爱，可爱得不得了，帮宝宝洗澡时都会用脸颊磨蹭着宝宝。园子的肚子，圆得像用圆规画出来的，白白嫩嫩的，宛如橡胶球，这里面有小胃小肠，真的什么都齐备了吗？真是不可思议。然后肚子正中央的下方，有个梅花般的小肚脐。还有她的小手小脚，都好美、好可爱，总是令人看得陶醉忘我。无论穿再美的衣服，都比不上裸身可爱。每当洗完澡要帮她穿衣服，我都觉得很可惜。好想多抱一下裸身的她。

去澡堂时，天色明明还很亮，但回家时，连路上都一片漆黑，因为灯火管制。这已经不是演习，使我异常紧张。可是尽管灯火管制，这也未免太暗了。我没走过如此漆黑的道路，只能一步一步，摸索前进，偏偏路又太远，委实艰难困顿。从那片“独活田[1]”进入杉林时，那真是暗到伸手不见五指。我忽然想起念女校四年级[2]时，在暴风雪中，从野泽温泉滑雪到木岛的惊惧。当时背的是登山包，现在背的是沉睡的园子。园子一无所知，睡得很沉。

蓦地，背后传来一个男人的声音，荒腔走板地高唱着《天皇征召我》，踩着粗鲁的步伐走来。因为他的咳嗽声颇具特色，“咳咳”，连咳两声，我立即知道他是谁了。

---

1. 独活：土当归。

2. 日本旧制女子高中通常要读五年。

“背着园子很难走路啊。”我如此一说，他大声回答：“这算什么。你们没信仰，才会觉得这种夜路很难走；我有信仰，所以走夜路就跟大白天一样。跟我来！”

说完便率先迈步走去。我真搞不懂，他是清醒的吗？真是令人傻眼的丈夫。

羞耻

菊子，我好丢脸啊。这个脸真的丢大了。羞得我满脸通红，脸颊喷火都不足以形容。恨不得在草原上翻滚着“哇”地大叫，即使如此，也仍不足以形容我的羞耻。

《撒母耳记下》有一段记载可爱的妹妹他玛：“他玛将灰烬撒在头上，撕裂所穿的彩衣，以手抱头，一面行走，一面哭喊。”[1]可爱的女孩羞愧得不知如何是好，真的会想哭，会把灰抹在脸上吧。我明白他玛的心情。

菊子，你说得果然没错，小说家是人渣呀。不，是魔

1. 出自《圣经·撒母耳记下》第十三章第十九节。

鬼，很过分。我真的丢脸丢大了。菊子，这件事我一直瞒着你，其实我偷偷写信给小说家户田先生。然后终于见到他，但我却出尽洋相。气死我了。

我就从头说起，全部跟你说吧。九月初，我写了一封信给户田先生，写得非常装模作样。

对不起。明知冒昧，我还是写信给您。我猜阁下的小说，大概没有半位女性读者。女人，只读广告很多的书报。女人没有自己的喜好，看书是基于虚荣心，因为别人在看，所以自己也要看。女人通常很尊敬卖弄学识的人，对那种无聊的理论相当买账。恕我失礼，阁下根本不懂理论，也没有什么学问。我从去年夏天开始读阁下的小说，几乎全部拜读过了。所以我不用与阁下见面，对您身边的事、容貌、风采，也几乎了如指掌。我确定阁下没有半位女性读者。因为阁下将自己的贫寒、吝啬、不堪的夫妻吵架、下流的疾病，还有丑陋的容貌、肮脏的穿着、啃着章鱼脚喝烧酎、抓狂胡闹、睡在地上、债台高筑，还有其他很多不名誉的脏事，毫不掩饰地吐露出来。这是不行的。女人天生重视清洁。读了阁下的小说，尽管觉得您很可怜，可是当读到阁下的头顶开始秃了，牙齿也松动掉了好几颗，实在太惨了，我怜悯之余不禁苦笑。对不起，我都要轻蔑您了。更何况，阁下还去那种难以启齿的不干净场所找女人吧。这已无法挽回。我读到这里，甚至捏起鼻子。女人，所有女人都皱起眉头轻蔑阁下，也是理所当然。我背着朋友，偷偷读阁下的小说。要是朋友知道我读阁下的东西，可能会嘲笑我、质疑我的人格，最后和我绝交吧。所以也请阁下反省一下。尽管我认为阁下是个没有学问、文章拙劣、人格卑下、思虑不周、脑筋很差，有着无数缺点的人，但我也在底层发现一贯的哀愁。我很珍惜这份哀愁感，别的女人是不懂的。诚如前面提过，女人看书只是为了虚荣，因此很爱阅读场景发生在看似有气质的避暑胜地的恋爱小说，或是思想性小说，可是我并非如此，我更相信阁下小说底层那种哀愁也是尊贵的。请阁下不要对自己丑陋的容貌、过去的秽行或是拙劣的文章感到绝望，请好好珍惜阁下独特的哀愁感，同时也注意健康，稍微学一点哲学与外文，让阁下的思想更有深度。若阁下的哀愁感，将来能做哲学性的整理，阁下的小说就不会像现在这样被嘲笑，阁下的人格也会更完整。等到阁下完成的那天，我也摘下我的面具，表明姓名住址，希望能和阁下见面。但现在我只能声援阁下。有一点我必须声明，这不是书迷写的信。请别拿去给阁下的夫人看，炫耀您也有女书迷，这种事情太低级了。我也有自尊。

菊子，我竟然写了一封这样的信。通篇阁下阁下地称呼他，总觉得有点别扭，可是直呼“你”，我和户田先生年龄又差太多，更何况也太亲密，我才不要呢。万一户田先生一大把年纪了还不懂事，竟臭美起来有非分之想，那就伤脑筋了。我又没有尊敬到想叫他“老师”，再说户田先生也没什么学问，叫他“老师”也很不自然。所以我就决定称呼他为“阁下”，不过“阁下”这个词真的有点怪。可是寄出这封信，我的良心也不曾受到谴责。我认为这是一件好事。能够对可怜之人，尽一点微薄之力，我心情很好。可是这封信，我没写名字和住址。因为我害怕。我怕他万一穿得脏兮兮喝醉酒跑来我家，我妈一定会吓坏的。说不定还会威胁我们借给他钱。总之他是一身恶习的人，不晓得会做出什么可怕的事。我想当永远的匿名女人。不过，菊子，这件事并没有成功，而且变得很糟糕。因为之后不到一个月，发生了我必须再写信给户田先生的事。而且这次，我把真实姓名和住址都清楚地告诉他了。

菊子，我好可怜啊。我把当时那封信的内容告诉你，你就会明白大致的情况。以下是信的内容，请别笑我。

户田先生：

我十分震惊。为什么您能查出我的真实身份？没错，我真正的名字是和子，是教授的女儿，二十三岁。我拜读您在本月《文学世界》的新作，顿时吓得瞠目结舌，我完全被您巧妙地揭露了。您是怎么知道的呢？而且连我的心情都看穿了，您在作品中甚至放出辛辣的一箭，说什么“甚至有了淫荡的幻想”，虽然写得有些过火，但我认为这是您惊异的进步。我那封匿名信，竟立刻引发您的创作欲望，对我而言也是开心的事。只是我万万没想到，一位女性的支持，竟可以让作家如此明显奋起。

据说，雨果和巴尔扎克等大作家，也是多亏了女性的保护与慰藉，才创作出许多不朽杰作。因此我也下定决心，虽然能力有限，我也要帮助您。请您好好写作。我会时常写信给您。这次您的小说里，对女性心理做了些许剖析，确实是一种进步，很多地方也写得入木三分、令人佩服，但仍然有不到位之处。我是个年轻女性，所以今后也可告诉您很多女性心理。

我认为您是很有希望的作家，作品也会愈写愈好。请您再多读一点书，培养哲学内涵。哲学涵养不足的话，很难成为伟大的小说家。如果您遇到什么痛苦的事，请别客气，写信给我。反正我都被您识破了，所以也不再匿名。信封上写的就是我的姓名、住址。请放心，这不是假名。有朝一日，当您完成自己的人格时，我一定和您见个面，在那之前，请原谅我只能和您通信。这次真的吓到我了。您居然连我的名字都知道。您一定是收到我的信兴奋之余到处张扬，把信拿给您的朋友们看，然后借着邮戳之类的线索，请报社朋友帮忙，终于查出我的名字，没错吧？男人收到女人的信，总是会立刻到处张扬，真的很讨厌。为什么您会知道我的名字，甚至知道我二十三岁，请写信告诉我。

我们持续保持通信吧。从下次起，我会写更温柔的信给您。请自重。

菊子，我此刻在抄写这封信，好几次都快哭出来了，感觉浑身冒汗。希望你能明白我的心情。其实我搞错了。人家才不是在写我，根本没把我当一回事。啊，我好丢脸，真的丢脸死了。菊子，你要同情我。我会把事情说到最后。

户田先生在本月《文学世界》发表的短篇小说《七草》，你看过了吗？内容是一个二十三岁的女孩，因为害怕恋爱，讨厌心醉神迷，结果嫁给了一个六十岁的老富翁，可是婚后她仍然抑郁寡欢，最后走上自杀一途。故事有些露骨且灰暗，但也显现出户田先生的独特风格。我读了这篇小说，一直以为他是以我当模特儿写的。我读了两三行便如此认定，吓得脸色铁青。因为那个女生的名字和我一样，都是和子，年龄也一样，都是二十三岁，父亲也是大学教授，根本完全一样嘛。虽然其他身世背景和我截然不同，但不知为何，我就是死心眼地如此认定，他一定是从我的信中获得灵感而创作的。这是奇耻大辱的源头。

四五天后，我收到户田先生的明信片，上面如此写着：

敬覆者：

来函收悉，感谢您的支持。此外，您之前的来函，我也确实拜读过。至今，我从未将别人的来函拿给家人看，加以取笑。此等失礼之事，我从未做过。我也不曾拿信给朋友看，到处张扬。这一点，请您放心。至于您说，等我的人格完成时才要与我见面，人真的能靠自己完成自己吗？书不尽言。

果然是小说家，真会讲话。我觉得被将了一军，十分懊恼。茫然恍神了一整天，到了隔天早上，我忽然很想见户田先生。我非得见他一面。他现在一定很痛苦。要是我不立刻去见他，他或许会堕落。他一定在等我。去见他吧，于是我连忙开始穿衣打扮。可是菊子，去探访住在大杂院的贫困作家，可以打扮得光鲜亮丽吗？当然不行。某个妇女团体的干事们，戴着狐毛围巾去视察贫民窟，不是引起轩然大波了吗？我得小心才行。根据户田先生的小说所言，他没有一件像样的衣服，只有一件棉花外露的破棉袄。家里的榻榻米破损，他也只是铺了一堆报纸，就这样坐在上面。我要是穿最近新做的粉红洋装，去那么贫困的家里，只会害他的家人惶然自卑，那是非常失礼的事。于是我穿了以前念女校时满是补丁的裙子，还有以前去滑雪时的黄色夹克，这件夹克已经变得很小，穿上去两只手都露到手肘，袖口也已绽线掉出毛线，应该是很恰当的衣服。此外我从户田先生的小说中得知，每到秋天他就饱受脚气病[1]之苦，所以我用包袱巾包了一条毛毯，打算带去送给他。我想劝他工作时，用毛毯裹着脚。我背着妈妈，从后门溜出去。菊子你也知道，我的门牙有一颗是可以取下的假牙，我在电车里偷偷取下那颗假牙，故意把自己弄丑。记得户田先生牙齿松动也掉了好几颗，为了让他安心、不觉丢脸，我也打算让他看到我缺牙的模样。还有头发也故意弄得乱七八糟，变成又丑又穷的女人。想安慰弱

---

1. 脚气病：又名维生素 B_1 缺乏病，会导致末梢神经炎，初期症状为脚部发麻或浮肿等。不同于俗称“脚气”的脚癣。

势无知的穷人，必须十分用心。

户田家位于郊外。我在省线电车下车后，问了派出所，倒是很轻易就找到户田家。菊子，户田家并非大杂院。虽然小小的，却是一栋独门独户，看起来很干净的房子。院子也整理得很漂亮，开了很多秋天的玫瑰花。一切都让我出乎意料。打开玄关，鞋柜上摆着一盆水盘菊花。一位沉稳且有气质的夫人走了出来，向我行礼致意。我还以为我走错家了。

“请问，写小说的户田先生，是这里的人吗？”我战战兢兢地问。

“是的。”夫人温柔地回答。她的笑容美得令人炫目。

“老师，”我不假思索说出“老师”这个词，“请问老师在家吗？”

夫人带我到户田先生的书斋，只见一个表情严谨的男人，端坐在书桌前。他穿的不是破棉袄。我不知道那是什么料子，是一件深蓝色质地颇厚的袷衣[1]，腰际系着一条黑

1. 袷衣：缝有内里的和服。

底白纹的角带[1]。这间书斋有种茶室的氛围，壁龛挂着一幅汉诗卷轴，那首诗，我一个字也看不懂。竹篮里，插着优美的常春藤。书桌旁，堆着很多书。

一切截然不同。他既没有缺牙齿，也没秃头，相貌端正，丝毫没有不干净的感觉。我很怀疑，这个人会喝烧酎睡在地上？

“您和小说里的感觉截然不同。”我重振精神说。

“这样啊。”他答得云淡风轻，一副对我不太感兴趣的样子。

“我今天来是想问，您是怎么知道我的事的？”我这么说是想掩饰自己的窘态。

“你说什么？”他毫无反应。

“我隐瞒自己的姓名住址，却让老师识破了不是吗？日前我写信给您，首先就问这件事了。”

“我对你一无所知。真是怪了。”他以清澄的眼眸，直勾勾看着我，浅浅一笑。

“什么！”我开始惊慌失措，“这么说，你明明完全不

---

1. 角带：男子穿和服系的腰带，带宽较窄，偏硬。

懂我信里的意思，却什么也不说，太过分了。你是把我当傻瓜吧。”

我好想哭。我怎么会那么自以为是。荒唐，实在太荒唐了。菊子，脸颊喷火真的都不足以形容我的无地自容。恨不得在草原上翻滚着“哇”地大叫，即便如此，也仍不足以形容我的羞耻。

“那么，请你把那封信还给我。我觉得太丢脸了。请还给我。”

户田先生一脸正经地点头。他可能生气了，认为我是很糟糕的家伙，受不了我吧。

“我找找看。我无法把每天的信件都保存起来，说不定已经找不到了。晚点我请内人找找看。要是找到的话，我会寄给你。两封是吧？”

“是的，两封。”我心头一阵凄楚。

“听你说，我的小说好像和你的身世很像，但我写小说绝对不会影射任何人，全都是虚构的。更何况，你写的第一封信实在是……”他忽然闭口，低下头去。

“对不起。”我是个缺牙、看起来寒酸的乞丐女。太小件的夹克袖口，绽线掉毛；蓝色的裙子，满是补丁。我从头到脚，都被他轻蔑到底了。小说家是恶魔！骗子！明明不穷，却装得一穷二白；明明相貌堂堂，却说自己奇丑无比，借以博取同情；明明饱读诗书，却假装自己没学问；明明很爱太太，却谎称夫妻每天吵架；明明没什么苦难，却总是叫苦连天。我被骗了。于是我默默行了一礼，站了起来。

“您的病况如何？脚气病。”

“我很健康。”

我还为了这个人带毛毯来。这下又得带回去了。菊子，我实在羞愤难耐，抱着包袱在回家的路上哭了，把头埋在包袱里哭得好惨，还被汽车驾驶员臭骂：“浑蛋！走路小心点！”

过了两三天，我那两封信被装在一个大信封里，以挂号寄来了。我还带着一丝希望，或许这个大信封里，除了我的两封信，还有老师写给我的温柔安慰信，可能写着什么拯救我耻辱的好话。我抱着信封，然后祈祷，然后开封，但什么都没有。除了我那两封信，什么都没有。但我仍不死心，说不定老师在我的信纸背面，犹如涂鸦般写了什么感想。我一张一张，仔细检查信纸的正面与背面，可是什么都没写。这是奇耻大辱。这下你明白了吧，为什么我想把灰抹在脸上。我觉得我已经老了十岁。小说家无聊透顶，简直是人渣，净写些虚妄的事，一点都不浪漫。他冷眼轻蔑我这个生于普通家庭、穿着又脏又破的衣服、门牙还少了一颗的女孩，也不送我离去，一直摆出事不关己的风凉表情，太可怕了！这种人，根本是骗子吧。

雪夜的故事

那天，一早就下雪了啊。用毛毯为小鹤（侄女）改做的工作裤已经缝制完成，所以那天放学后，我顺便将裤子送去中野的婶婶家。婶婶回送了我两片鱿鱼干。当我抵达吉祥寺车站时，天色已暗，积雪已达一米以上，但雪依然不停地飘落。因为我穿着长靴，心情反而很好，故意挑积雪深的地方走。一直走到我家附近的邮筒时，才发现用报纸包的、夹在腋下的鱿鱼干不见了。虽然我是个漫不经心的糊涂虫，但我从未掉过东西，可能是这晚看到积雪太兴奋，走得蹦蹦跳跳，所以不小心搞丢了。我为此沮丧不已。只不过搞丢鱿鱼干竟如此沮丧，实在粗俗到令人难为情，但这个鱿鱼干，我是想送给嫂嫂的。我的嫂嫂，今年夏天要生宝宝了。听说怀孕的人很容易饿，吃东西要吃两份，连肚子里宝宝的那份一起吃。嫂嫂与我不同，她是个穿着端庄、举止高雅的人，以前吃东西简直像“金丝雀的鸟食”，吃得很少，而且从不吃零食，但最近却常常害羞地说肚子饿，忽然想吃奇怪的东西。前阵子我和嫂嫂一起收拾晚餐的碗筷时，她小声地说：“啊，嘴巴好苦，嘴巴好苦，好想嚼点鱿鱼干。”我忘不了这件事，所以这天碰巧，中野的婶婶送我两片鱿鱼干，我满心期待想偷偷送给嫂嫂吃，可是却在路上搞丢了，我真的沮丧得要命。

你也知道，我家就哥哥、嫂嫂和我三个人。哥哥是有点怪的小说家，已经年近四十岁却一点名气也没有，而且一贫如洗，身体不好常卧病在床，但唯独嘴巴很厉害，有事没事就叨念我们。可是他只会说我们，自己却完全不帮忙做家事，所以嫂嫂连男人的粗活都得做，真的很可怜。有一天，我义愤填膺，气呼呼地对哥哥说：

“哥哥，你偶尔也该背着包包去买菜吧。别人家的老公都会这么做。”

“浑蛋！我才不是那种粗俗的男人。听好了，君子（嫂嫂的名字）你也给我记清楚，就算我们一家会饿死，我也不会做出买东西回来囤积这种可悲的事，你们要有这种心理准备。这是我最后的自尊。”

原来如此，真是了不起的觉悟。不过我哥的情况，究竟是为了国家着想而痛恨采购囤积的人，还是根本自己懒得出门买东西？我也不知道。我的父母都是东京人，但父亲长年在东北山形县的公所上班，哥哥和我都出生于山形县。父亲在山形县过世后，母亲背着年幼的我，带着年约二十岁的哥哥，三个人又回到东京。几年前母亲也过世了，现在我们家是哥哥、嫂嫂和我三个人。因为没有所谓的故乡，也不像别的家庭会收到乡下老家寄来的食物，加上哥哥是个怪人，完全不和别人来往，所以也根本不会“得到”出乎意料又难得的馈赠，因此尽管只是区区两片鱿鱼干，送给嫂嫂的话，不知道她会有多高兴。想到这里，虽然是粗俗的事，但我实在舍不得那两片鱿鱼干，因此掉头右转，折回原来的雪路慢慢找，但怎么找都找不到。在白色的雪路上，要找白报纸的纸包已经很难了，再加上雪下个不停，我走到吉祥寺车站附近，连一块小石头都看不到。我叹了一口气，重新拿好伞，抬头看向漆黑的夜空，雪花如百万只萤火虫狂乱飞舞。好美啊！道路两旁的树木被雪覆盖了，树枝不堪重负般往下垂，偶尔像叹息般微微抖动。这幅景象，让我仿佛置身童话世界，不由得忘了鱿鱼干的事。这时我忽然灵机一动，就拿这幅美丽的雪景送给嫂嫂吧。比起鱿鱼干，这是好上千万倍的礼物。老是拘泥于食物实在很卑微，真的很难为情。

以前哥哥曾告诉我，人的眼球可以储存景象。譬如盯着灯泡看一会儿，然后闭上眼睛，仍然可以在眼睑里看到灯泡。这就是最好的证明。关于这一点，哥哥说以前在丹麦也有过这样的事，便将这则短短的浪漫故事说给我听。虽然哥哥说的故事通常是瞎掰的，一点也不可靠，但那时哥哥说的这个故事，即便是说谎乱编的，我也觉得是个美丽的故事。

很久很久以前，在丹麦有个医生，解剖船难过世的年轻水手尸体时，以显微镜观察他的眼球，看到眼球的视网膜映出一家和乐融融的景象。他把这件事告诉小说家朋友，这位小说家立即对这神奇的现象提出见解。他说这位年轻水手因船难被卷进怒涛，之后又被冲上岸，这时他拼命抓到的是灯塔的窗台，心想太好了，这下得救了，正想大声求救时，忽然往窗里一望，看到灯塔看守员一家人正和乐融融地准备吃晚餐。他心想，啊，不行，要是我现在凄惨地大喊“救命啊！”会破坏这家人和乐融融的团聚。想到这里，他抓着窗台的手指逐渐没力，这时刚好又一个大浪打来，把他卷到海里去了。想必是如此吧。小说家更解释，这位水手是世上最善良高贵的人。医生也赞成他的看法。于是两人隆重地埋葬了水手的尸体。

我愿相信这个故事，纵使在科学上是不可能的事，我也愿意相信。我在那个雪夜，忽然想起这个故事，便想把美丽雪景收在我的眼底带回家。

“嫂嫂，请仔细看我的眼睛。这样你肚子里的宝宝会很漂亮。”我想对嫂嫂这么说。因为日前嫂嫂曾笑着拜托哥哥：

“请在我房间的墙壁贴上美人的画像。这样我每天看这幅画，会生下美丽的宝宝。”

哥哥认真点头应允：

“嗯，胎教是吗？这很重要。”

于是哥哥将妖艳的“孙次郎”能剧面具照片，与可爱的“雪小面”能剧面具照片并排贴在墙上。到这里还好，但接下来他竟把自己愁眉苦脸的照片，贴在这两张能剧面具的照片中间。这样不就无效了吗？

“求求你，把你那张照片拿下来。看到这张照片我就想吐。”向来温顺的嫂嫂也受不了，合掌膜拜恳求哥哥，总算让哥哥把这张照片撤下来了。要不然嫂嫂看着哥哥的照片，一定会生下尖嘴猴腮的宝宝。哥哥的脸长得那么奇怪，还自以为有点像美男子，真令人傻眼。现在嫂嫂为了肚子里的宝宝，一心一意只想看世上最美的景物。要是我把今天的雪景收入眼底，让嫂嫂看的话，比起鱿鱼干这种礼物，她一定会更高兴千万倍。

于是我放弃鱿鱼干，在回家途中，尽可能眺望周遭的美丽雪景，不仅收入眼底，甚至要收入心底。带着将纯白美丽雪景收入心底的心情，我回到家立刻向嫂嫂说：

“嫂嫂，快看我的眼睛！我的眼底有很多非常漂亮的景色！”

“什么？你是怎么了？”嫂嫂笑着站起身，把手放在我肩上，“看你的眼睛？到底发生了什么事？”

“以前哥哥不是跟我们说过一个故事？刚刚看过的景色不会消失，会留在人的眼底。”

“他说的故事，我早就忘了。反正大多是骗人的。”

“可是，那个故事是真的。我只相信这个故事，所以，来吧，快看我的眼睛。我刚才看了好多美丽的雪景回来。快，快看我的眼睛。这样一定会生下雪白肌肤的漂亮宝宝。”

嫂嫂一脸哀伤，默默凝视着我的眼睛。

“喂！”这时，在隔壁三坪大房间的哥哥出来说，“与其看顺子（我的名字）那无聊的眼睛，不如来看我的眼睛。我的眼睛更是效果百倍呢！”

“为什么？为什么？”

我气得想揍哥哥。

“嫂嫂说看哥哥的眼睛会想吐。”

“不会吧。我这双眼睛，可是看过二十年美丽雪景的眼睛。我在山形住到二十岁呢。顺子在很小的时候，还没懂事就来东京了，不知道山形的雪景有多美，所以看到东京这种小雪景才会大惊小怪。我的眼睛看过比这个美丽千百倍的雪景，多到数不清呢。所以不管怎么说，我的眼睛都比你好。”

我不甘愿得快哭出来了。这时，嫂嫂站出来救我。她面带微笑，静静地说：

“可是，你的眼睛虽然看过千百倍美丽景色，但相对地也看过千百倍脏东西。”

“对啊！对啊！比起正面的，负面的多太多，所以眼睛才会黄黄浊浊的。哇哈哈！”

“没大没小的丫头。”

哥哥气呼呼地返回隔壁的三坪大房间。

其三 独白

其他生物

绝对不会有『秘密』，

那是只有人类

才可能拥有的东西。

作家手札

今年的七夕，不同于往年，我感触特别深。七夕是女孩的节日。这是女孩学编织、刺绣等针线活儿，希望手艺更为灵巧，向织女星祈祷的夜晚。据说中国庆祝这个节日，是在竹竿末端系上五彩线，但日本是将五彩色纸，挂在刚从竹林砍下、带着绿叶的青竹上，将它竖立在门口。系在竹枝的色纸上，有着以歪歪扭扭的文字，写着女孩们的秘密的诗词。那是七八年前的往事，我去上州的谷川温泉，那时发生了很多痛苦的事，因此我在山上的温泉也待不住，便茫然地走到山麓的水上町。过了桥来到镇里，整个小镇都在庆祝七夕，红、黄、绿等五彩色纸在竹枝绿叶间飘扬，我见状霎时活了过来，啊，大家都恭恭谨谨地活着。这次的七夕，比以往更浓郁鲜明地烙印在我心里。此后数年，我没看过七夕的竹饰。不，看是每年都在看，但都进不了我的心里。然而不知为何，今年我格外留意三鹰町到处竖立的七夕竹饰，进而想更详细地知道，七夕究竟是什么意义的节日，因此查了两三本辞典。但无论哪本辞典都只写“祈求手艺更灵巧的节日”。这对我来说是不够的，因为我小时候听说，七夕有另一个更重要的意义。这晚是牛郎星与织女星，享受一年一度的幽会之夜。小时候我甚至认为，那些系在竹子上的彩纸吊饰，是对牛郎织女两人表达今夜欢愉的祝贺；七夕是在人间界，祝贺天上牛郎织女的节日。但后来听说，七夕是女孩祈求书法或针线手艺进步的夜晚，因此那些竹饰也变成祈愿的供品，这让我觉得很奇怪。女孩真的很精明，凡事只为自己着想，堪称老奸巨猾。竟趁织女心花怒放之际，要她聆听自己的心愿，未免也太现实狡猾。况且，这样织女星多可怜。想好好享受一年一度的幽会之夜，下面的人间界却吵吵闹闹，陈情蜂拥而至，难得的夜晚也会被搞得一团糟吧。可是这晚对织女星确实也是好日子，所以不得不倾听人间界女孩的愿望吧。女孩们逮到织女星的弱点，便毫不客气地大提愿望。唉，女人在如此年幼时，便已如此厚脸皮。不过，男孩不做这种事。他们很懂礼数，不会在织女星有点害羞的夜晚，贪婪地提出愿望。像我从小就不敢在七夕仰望夜空，只会在小小的心灵里祈求，但愿今夜无风无雨，愿您能度过美好的一晚。用望远镜眺望情侣一年一度的幽会情形，是非常失礼且低级露骨的行为。实在太丢脸了，我根本不敢眺望。思索着这些事，走在七夕街头，我忽然想写这样的小说。譬如约定只在每年七夕见一次面的凡尘男女或是有什么苦衷而分居的夫妻，七夕夜在女方家的门口，竖立一支系有祈愿色纸的竹饰。但在构思小说之际不觉荒谬起来，忽然突发奇想，与其写这种甜蜜的小说，干脆自己实际去做做看吧。今晚接下来就去哪个女人家里玩，然后若无其事地走人，接着明年七夕又跑去她家玩，然后也若无其事地走人。这样持续五六年后，才向那个女人表白：“你知道我每年来找你的夜晚，是什么日子吗？”然后笑着告诉她，“是七夕夜。”这样我看起来或许意外是个好男人。我认真地点点头，好，就从今夜开始。可是要去哪里呢？无处可去。因为我讨厌女人，所以不认识半个女人。不，或许正好相反，可能是不认识半个女人，所以才讨厌女人吧。总之，我连想找个女人都想不出要找谁，这是事实。我不禁苦笑，走到一家荞麦面店门口，看到竖立的七夕竹饰。色纸上写着字。我驻足看了起来。那是歪歪扭扭的女童笔迹。

星星，请保佑日本。

我愿真诚效忠天皇。

我心头一惊。原来现在的女孩，绝不会在七夕任性自私地许愿。这是相当清纯的祈愿。我一次又一次重读色纸上的文字，无法立即转身离去。我想，织女星一定会垂听这个祈愿。祈愿，恭谨虔诚最好。

自一九三七年起，这个七夕也有了不同的意义。一九三七年七月七日，卢沟桥那一发令人无法忘记的枪声，把我不像话的幻想轰得烟消云散。

小时候，每当逢年过节，就会有马戏团来镇上表演。他们还在搭帐篷时，坏小孩就迫不及待冲去，从帐篷的缝隙偷看里面。我虽然害羞，但也跟在坏小孩的后面，努力模仿这种粗鄙的行为，提心吊胆偷看里面。马戏团的人在帐篷里怒骂："干什么！"孩子们"哇"的一声哗然逃走。我也学他们害羞地"哇"了一声赶紧逃跑。马戏团的人追上来。

"你没关系。你不用跑。"马戏团的人这么说，抓住我一个人，并抱起我，带我去帐篷里看马、熊，还有猴子。但我一点也不高兴。我想和那群坏小孩一起被驱散。马戏团搭帐篷用的圆木，可能是从我家借来的。我无法逃出帐篷，闷闷不乐，只能默默看着马和熊。帐篷外，又有坏小孩偷偷跑来，在棚外喧哗。"干什么！"马戏团的人又怒斥，坏小孩又跑掉。这样真的很好玩。我却只能哭丧着脸看马。我好羡慕好羡慕那群坏小孩，觉得只有我一个人在地狱里。有一次，我把这段往事跟某位前辈说。这位前辈告诉我，这是一种对民众的向往。总有一天，这个向往一定会达成。而现在，我完全是民众里的一个人。穿着卡其色长裤、开襟衬衫，混在产业战士群里，走在三鹰町不会有人特别注意我。但是，果然踏进酒馆就不行了。产业战士泰然自若地喝烧酎，但我尽可能选择喝啤酒。产业战士个个神采奕奕。

“喝什么啤酒，装高尚啊，那有什么用。”很明显是冲着我大声说。我只能弓着背，低头喝啤酒，但啤酒变得很难喝。我想起小时候在马戏团帐篷里的孤寂。我明明一直把你们当朋友。

或许只当朋友还不够，还必须尊敬才行。我严肃地这么想。

从酒馆回家的路上，我在井之头公园的森林，遇见两三位产业战士。其中一人，忽地挡在我前面，非常客气地向我借火。我吓了一跳，惶恐地递出自己正在抽的香烟。刹那间，我想了很多事情。我是个很不会寒暄的人。别人问我：“お元気ですか？”[1] 我总是支支吾吾，不

1. 意指“你好吗？”。接下来会就“元气”展开思辨，在此以日文标记。

知该如何回答。“元气”指的是什么状态的事呢？“元气”是个含糊不清的词，难以回答的问题。查查词典吧。“元气”是支撑身体的气势、精神活动的力量、一切事物的根本力气、健康强壮、很有气势。于是我不禁思考，我现在有没有气势？这是必须交给神明处理的领域，不是我能知道的事。所以被问到：“お元気ですか？”尽管我很想正确地回答，却也只能落得支支吾吾，例如：“哦，还好，就这样啊。”或是“不过，嗯，大概这样吧。”或是“不是这样吗？”净是自己也搞不懂、莫名其妙的寒暄。我不擅长社交辞令。刚才这个年轻人从我的香烟借火，等一下会把我抽到一半的香烟还我吧。这时，这位产业战士会向我说谢谢吧。我向别人借火时，也不会拖泥带水，直接说谢谢。这是理所当然的事。但我通常会更有礼貌，脱帽弯腰，郑重地说谢谢您。多亏这个人借我香烟引火，我才能抽根烟，这和所谓一宿一饭的恩情相同。然而相反地，若我借火给人点烟时，我真的不知如何寒暄。借火点烟是世上最微不足道的事，真的没什么。我甚至认为“借”这个字太夸张。自己的所有权并没有蒙受任何损失，比借人厕所轻松多了。所以每当有人向我借火点烟，我总是不知所措。尤其对方脱下帽子，以非常客气的语气向我借火时，我总会害羞脸红。那时我会尽量轻松地说："哦，请。"若我刚好坐在长椅上，也会立刻站起来，面带微笑，以对方容易拿取的方式，捏着香烟的另一端递过去。若我的烟已抽得太短，我会说："请点。点完之后请扔掉。"若刚好身上有两盒火柴，我会送他一盒。即便只有一盒火柴，若里面的火柴棒还很多，我也会分一点给他。这时，若他对我说："不好意思。"我也能不慌不忙地回答："不客气。"但我又不是给人一根火柴棒，只是把自己正在抽的香烟递过去给对方引火，真的没什么大不了，对方却客气地向我道谢，我就会穷于应对，变得语无伦次。此刻我在井之头公园的森林里，一位年轻人颇为客气地向我借火点烟。而且这位年轻人，明显是产业战士。刚才我在酒馆里严肃思索应该对这些人更尊敬，他就是当时坐在酒馆里的产业战士之一。几秒后，他一定会客气地向我道谢，说"谢谢你"、"不好意思"之类的话。我实在禁不起这种事，大概连"不敢当"这种话都会说得磨磨蹭蹭。当他向我道谢，我该如何回应？各种寒暄的说法像赛璐珞小风车，以目不暇接的速度在我脑海里旋转。就在风车停止时，年轻人以开朗的语气说：

“谢谢你！”

我也清楚地回答：

“劳驾您了。”

我也不知道这究竟是什么意思。但我说完，对他点头致意，走了五六步后，心情好得不得了，身体也莫名地轻盈起来。真的很清爽。回家后，我一脸得意地将这件事告诉内人，内人说我莫名其妙。

我家院子的树篱边有一口井。这口井是和后面两户人家共享的。后面两户人家都是产业战士之家。两家的太太也都三十五六岁，经常一起在井边洗碗，以高八度的嗓音东拉西扯地聊天，一直聊一直聊，聊个不停。我有时索性不写稿了，躺下来休息，有时也会感到头痛。不过昨天下午，其中一家太太独自在井边洗衣服，一直反反复复唱着同一句歌词。

我妈妈，是慈祥的妈妈。

我妈妈，是慈祥的妈妈。

就这样唱个不停。我觉得很奇妙。这简直在自吹自擂吧。这位太太有三个小孩。因为三个小孩都很爱她，她觉得很幸福在唱歌，又或者她忆起故乡的老母亲？不，不可能是这种事。我侧耳倾听这反复的歌声好一阵子，后来我懂了。这位太太什么都没在想，只是单纯在唱歌。据说夏天洗衣服，算是女人家务活儿的一大乐事。她只是专心在享受洗衣的乐趣。尽管现在大战正打得如火如荼。

我想美国的女人绝不会如此美丽悠哉，或许早已怨气冲天地牢骚抱怨了。毕竟她们是看到老鼠就会假装昏倒的矫情女人。若说女人掌握了战争胜败的关键，应该也不为过吧。我对战争的前景非常乐观。

小相簿

专程光临寒舍，却没什么好招待的，实在过意不去。谈文学论，我也已经厌烦。这没什么大不了，只是说别人的坏话不是吗？而文学本身，我也厌倦了。这么说如何？“他变成很讨厌文学的文人了。”

真的。原本不好战的国民，现在被逼得必须挺身奋战，个个都变得很强，所向无敌吧。你们也稍微讨厌一下文学如何？真正崭新的东西，是从这里诞生的。

我的文学论也只有这样，剩下的只有不会叫的萤火虫，沉默的海军吧。

你来家里玩，我却没什么好招待的，其实我感到很沮丧。要是有酒就好了，偏偏两三天前配给的酒，我当天就喝光了，真的很不巧。很想去外面喝酒吧，不过也很不巧，哇哈哈哈，我没钱。这个月花得太凶，只能蛰居在家。我们慢慢来想今晚要玩什么吧。

你是来玩的吧？因为不管去哪里都被瞧不起，又阮囊羞涩，心想不如去 D[1] 那里，或许还能散散心。正是因为做如是想，所以才来我家吧。真是我的荣幸。你如此仰赖我，我若辜负你的期待，未免太残忍了。

好吧。今晚就给你看我的相簿。或许里面会有有趣的照片。拿相簿出来招待客人，证明这家伙没什么热情。通常会拿相簿出来，是想随便敷衍或想送客。你得小心点，不可以生气。但我的情况并非如此。今晚碰巧没有酒，也没有钱，我又不想再谈文学论，可是这样让你空虚地回去，我也于心不忍。所谓穷极之策，才拿出这本寒酸的相簿。原本，我很讨厌让别人看自己的照片，总觉得很失礼。除非是很亲密的朋友，我是不给人看照片的。毕竟

1. 太宰治名字的罗马拼音为 Dazai Osamu。

一个男人，老大不小了还做这种事，很丢脸。我对照片这种东西，没什么兴趣。我不喜欢拍摄，也不喜欢被拍，也不相信照片这种东西。所以，无论是自己的照片或别人的照片，我都不会好好保存。大多随便放在抽屉里，大扫除或搬家时甚至都会弄丢一些，存留在手边的，真的寥寥可数。日前，内人整理了剩下的少许照片，做成这本相簿。起初我还不赞成，说她太夸张，后来慢慢看着这本相簿，也涌现些许感慨。但这是我很私人的感慨，别人看了或许会觉得这是什么嘛，一点都不好看。反正今晚也没别的话题，你专程来了我又没啥好招待的，这样未免太煞风景，无计可施之下只好拿出这本相簿。请念在我贫者一灯[1]的气魄上，即便毫无兴致也看看吧。

我要先声明一下。这或许会变成笨拙的连环剧画，请别笑，听我说吧。我没有太古老的照片。诚如前面所说，因为搬家和大扫除，很多照片丢失了。通常相簿的第一页，大多贴着自己父母的照片，但我的相簿没有这种照片。别说父母的照片，我连亲人的照片也没有。啊，不，

1. 贫者一灯：出自《阿阇世王授决经》，指不论奉献多寡，诚心最重要。

去年秋天，排行在我上面的姐姐和她年幼的长女，合拍了一张四寸的照片寄给我，真的只有这一张，没有其他亲人的照片。我并非故意排除亲人的照片，只是十几年来，我都没和故乡的亲人通信，所以自然演变成这种结果。此外，通常相簿都有自己的婴儿照或小学生照来助兴，但我的相簿也没有这个。或许故乡老家有这种相片，但我手边没有。所以光看这本相簿，别人可能看不出我的出身背景。仔细想想，这还真是一本令人发寒的相簿。翻开第一页，主人公已是高中生。真是唐突的第一页。

这是 H 高中的礼堂，大约四十名学生，大家规规矩矩地排排坐。这些都是我的同班同学。班导师坐在第一排的中央。他是英文老师，常常夸奖我。不要笑，真的。这时候我可是很用功的。不只是这位老师，还有两三位老师也常夸奖我。真的。我很努力想拼第一名，最后还是失败了。站在第三排边边，有个矮冬瓜学生，唯有这个学生，我怎么样都拼不过他。这家伙很会念书。别看他一脸呆样，真的很会念书。他丝毫没有拼劲十足的样子，可是相当有实力，这才是真正会念书的人吧。现在他在朝鲜银行上班，和他相比，我是个冒失的轻浮才士吧。你找找看，我在这张照片的哪里？看得出来吗？对，就是坐在班导师旁边那个，看起来很轻浮、一脸傻笑的学生。才十九岁，就已经这么会摆姿势。真受不了。怎么说？因为在笑呀。你看，这约四十人的学生里，只有我一个在笑吧。这是在拍非常严肃的纪念照，我竟然在傻笑，实在太不像话，太不庄重了。为什么会这样呢？因为我在拍摄前，趁乱挤到第一排坐在老师旁边，坐下来就笑了。真是令人傻眼的家伙。这种人长大可能会变成神偷吧。不过出乎意料地，可能是在哪里走偏了，不仅没有当上顶尖神偷，还遭逢一连串的难堪失败，往后十几年，又哭又叫，还装模作样地无病呻吟，搞得鸡飞狗跳。

看吧，这张照片就已暴露了愚蠢的本性。这一张也是高中时的照片，在租屋的房间拍的，托腮抵着桌面，一副悠哉的样子。这很做作吧。还柔软地扭着上半身，像歌舞伎在表演打盹似的，右手掌轻轻贴着脸颊，嘴唇嘟得小小的，眼珠子上翻眺望远方，实在蠢到无以复加。穿着藏青底碎白花和服，系着角带，这种穿着也有种奇妙的风尘味。这实在不行。襦袢[1]的领口束得紧紧的，看起来简直想用衣领勒颈死掉似的。真糟糕。我很想当场把这张照片撕掉，但撕了就太卑鄙了。因为我的过去，确实有过这种德行。可能是受到泉镜花的坏影响。尽管笑吧。我不会逃也不会躲，我愿接受惩罚，潇洒地让你看个够。不过话说回来，这家伙真的很糟糕。那时候在高中里，硬派和软派对立，软派学生经常被硬派学生痛殴，但我以这副大软派的德行走在街头，从来没被打过，也没被警告过。可能硬派学生看到我这副德行也觉得莫名其妙，对我敬而远之。虽然我现在还是很蠢，但那时候比蠢更严重，简直是妖怪。明明过着奢侈优渥的生活，却非常厌世，还曾企图自杀。那是个一切都莫名其妙的时代。虽说是大软派，但也只是虚有其表，碰到女人就很胆小，只是胡乱装模作样。因为女人的事而实际发生问题，是上了大学以后。

这张是大学时代的照片。到了这个时期，我多少尝到了生活的苦，脸上的表情也没那么古怪，服装也是普通的制服制帽，看起来甚至有几分疲惫苍老。这时我已经开始

1. 襦袢：和服的内衣。

和某个女人同居。不过这样大模大样地双手交抱于胸，还是有点装模作样。可是拍这张照片时，我不得不稍微装模作样。站在我两旁的美男子，你有印象吧？对，就是电影明星 Y 和 T。还有蹲在前面的两位小姐，也有印象吧？没错，就是女演员 K 和 S。吓到了吧。这是我刚进大学那年的秋天，有个人带我去松竹的蒲田制片厂玩，就是那时候拍的纪念照。那时松竹的制片厂在蒲田。带我去的是当时电影界很吃得开的人，那天我们很受欢迎。后面站着两个胖胖的男人吧？戴眼镜那个就是很吃得开的人，另一个皮肤白皙的是制片厂的厂长。这位厂长是个身段柔软的人，即便我只是区区一介书生，他也没有看不起我，十分客气地款待我，也没有商人的势利眼，是个认真有礼的人。真的很令人佩服。我们在制片厂的中庭，和这些主要演员拍了纪念照。虽然 Y 和 T 被世人称为英俊潇洒的美男子，但看在我眼里，我并不觉得他们有多帅，三个人站在一起，我觉得我应该是最英俊潇洒的吧，所以才大模大样地双手交抱于胸。后来我收到这张照片时，果不其然觉得很糟糕。我怎么就摆脱不了这种土气。Y 和 T 看起来很清爽吧。我就像在两匹赛马的中间，一头呆立着的骆驼。我怎么一副乡巴佬的模样呢？而且还自以为帅气地双手交抱于胸。我真是很自恋的男人。直到最近我才明确地知道，我有很厚重的乡下味。不过现在，我已不再为自己的粗俗感到那么可耻了。

学生时代的照片，只有这三张。之后三四年的生活过得乱七八糟，也没有多余的心思拍照，纵使有人好奇想拍我当时的照片，我也不断地动来动去，丝毫不肯停下来，对方也只能放弃他的拍摄计划。尽管如此，应该还有两三张穿着蓝色工作服，站在银座巷子里酒吧前的照片，不知什么时候不见了。但我丝毫不觉得可惜。

过了一段纷争不断乱糟糟的日子，甚至还大病一场，终于出院后在千叶县的船桥郊外租了一间小房子，那时开始过着半养病的生活，拍的就是这张照片。很瘦吧？这才叫皮包骨。看起来不像我的脸吧？我自己看了都觉得有点恐怖，简直像爬虫类。那时我也觉得自己活不久了。我的第一本作品集《晚年》就在此时出版，这本作品集的初版放的就是这张照片。我把它当作“晚年的肖像”，但我到现在都还没死，就像白天的萤火虫，不堪入目地慢吞吞到处走着。后来胖了很多，看看这张照片。我在船桥待了两年，又来到东京，也和之前同居六年的女人分手了，独自住在东京郊外的租屋处，整天无所事事就胖成这样了。这张照片就是因为太胖，笑得很难为情。最近我又瘦了些，不过在那个租屋时代，我胖得像一只鼹鼠。我第二本作品集《虚构的彷徨》就是插入的这张照片。有个朋友说，这张酷似鸭嘴兽。另一个朋友安慰我，说像喜剧演员道格拉斯，还吵着要我请客。总之，我胖得不像话。这么胖，即使摆出落寞的神情，也无法显现出来吧。那阵子，我又胖又寂寞，可是寂寞却显现不出来，就变成这种窘笑的表情了，所以谁都不会同情我。你看，这张蹲在湖边，好像在低头沉思的照片。这是那时候，前辈们带我去三宅岛玩所拍的照片。我心情非常落寞，一个人蹲在那里，但若冷静批判，这姿势像是懒洋洋地在打瞌睡，丝毫不见忧愁的影子。这是“岛王”A 先生，趁我不注意偷拍的，然后放大成这么大寄来给我。A 先生是岛上的首富，喜爱作诗，过着像岛上国王般的优渥生活。这趟旅行也是 A 先生招待的。这时我们一行人，受到他无微不至的照顾。但懒得写信的我，至今尚未写封谢函向他致意。前阵子三宅岛火山爆发，我也很担心他的情况，却依然懒得写信，连一封慰问信也没写。国王可能也很失望，觉得东京的作家怎么这么不懂人情世故吧。

接下来是住在甲府时的照片。这时稍微又瘦了下来。当时我从东京郊外的租屋处，带着一只皮箱去旅行，然后就直接住在甲府了。两年后，我在甲府结婚，接着搬到三鹰这里来。这张照片是在甲府的武田神社，内人的弟弟帮我拍的。真的已经一副老态了啊。那时刚好三十岁，不过这张照片看起来，像是四十岁以上的老头。我也和别人一样吃了很多苦吧。没有摆任何姿势，只是茫然地站着。不对，好像稀奇地在看脚边的山白竹，简直像老年痴呆了。然后这张坐在檐廊，眯着眼睛的照片，也是住甲府的时候拍的，既没有飒爽的感觉，也没有暴躁的样子，简直像一个反应迟钝的南瓜。这张脸三天没洗了，我甚至觉得丑陋。不过以作家日常的脸来说，这样已经不错了。说不定愈来愈接近真正的自己，也就是，俗人。接下来都是搬来三鹰以后的照片。为我拍照的人也多了，他们常常对我下达指令，往右边看，很好，往左边看，很好，笑一笑，很好，我也照着他们的指令摆姿势。净是一些无趣的照片。不过也有两三张有趣的照片。不，应该说滑稽的照片吧。有一张裸体照。这张是和 I 君去四万温泉时，I 君偷偷拍下我在泡汤时的模样。所幸是侧面，谢天谢地。要是正面，我可受不了。真的好险。不过我拜托 I 君把底片给我了，否则万一他去加洗，那还得了。I 君帮我拍了不少照片，像这张是今年过年，我和 K 君两人，一起穿着家徽和服，前去井伏家拜年。那时井伏先生不在家（作家井伏鳟二，前年晚秋被派去南方当战地记者），我们进去后，恰巧碰到 I 君也穿着国民服来拜年，他要我们两人站在院子里合照。很不好看吧，很奇怪吧。撇开 K 君不谈，我穿家徽和服的模样实在很奇怪。K 君批评说，简直像摩西穿着家徽和服。姑且不论他说得对不对，反正就是很怪异。整张脸骨头突出，脸庞变得很大。再看这一张，这是我去参加朋友的新书发布会的照片，这么多张脸排在一起，有一张特大号的脸，那就是我的脸。这让我想起一个笑话，有个三岁女孩，在排满羽子板[1]的店门口，吵着要其中特大号的那个：“我要这个，买给我。”老板对她说：“这个不能卖。这是广告牌。”脸大到这样，根本没办法谈恋爱。很像高丽屋[2]吧。不要笑，是“装扮得很脏”的高丽屋。不过也没有那种去理发店修整就会变好看的“其实”桥段，修整完毕还是“装扮得很脏”。但其实也没有装扮，就只是真正的“脏”，根本没有在演戏。不过还是有点像，同样都很了不起。只能等待喜欢另类男人的女人出现。

内人曾如此劝我：

“你一得意忘形，就净说蠢话。像你这种人，别再说那种蠢话了，这样会被客人瞧不起。你就不能说些正经话吗？简直像个三流的通俗小说家。”

痛苦的时候，能坦然流露痛苦的表情，是很幸福的人；紧张的时候，能直接显露紧张的姿势，是很幸福的人。但我痛苦的时候却想哈哈傻笑，真是伤脑筋。即使内心紧张得要命，也会开始说蠢话，真是伤脑筋。尼采说得

1. 羽子板：一种长方形带柄、绘有图案的木板，类似现今的羽毛球拍。

2. 高丽屋：歌舞伎演员松元幸四郎的称号。

好："笑谈严肃事！"但我生气的时候，是真的在生气。我的表情，只有愤怒与笑两种。意外地，是个缺乏表情的男人啊。不过最近，我也想把生气减为一年一次就好。总是提醒自己，笑一笑忍过去吧。倒是生气的时候，别搞得好像在威胁别人。这样我自己也很不舒服。生气的时候就单纯生气。请看这张照片。这是最近的照片。我穿着夹克和短裤的轻装，推着婴儿车。这是我让小女儿坐上婴儿车，带她去附近的井之头公园，看自然文化园的孔雀。很幸福的情景吧。不晓得能持续到几时。下一页会贴上什么照片呢？意外的照片。

厚脸皮

放心吧，我写的不是你的事。虽说是最近，但也是从去年秋天开始，着手写这部预估长达三百页的小说《右大臣实朝》[1]，今年二月底，好不容易写了一百五十一张，但已疲累至极，便给自己放了两三天假。这时忽然想起，答应今年正月要给舟桥先生的短篇小说。但我生性可能有愚直的部分吧，整个心思无法脱离《右大臣实朝》，我又没那种能快速转换心情写别的小说的能耐，几经犹豫的结果，

1.《右大臣实朝》：即源实朝，镰仓幕府第三代征夷大将军。最后官至征夷大将军右大臣正二位左近卫大将。

还是只能写《右大臣实朝》，别无他法。但我的意思是，我原本就打算以三百张稿纸来写“实朝”这个人，现在就以这部未完成的三百张稿纸《右大臣实朝》为中心，另外写个三十张吧。好像也只能这么办。但关于这点我也想了很多，担心会不会变成故弄玄虚地在宣传自己的作品。我想任谁都会有和我一样的看法。对自己的作品胡乱自吹自擂，简直就像自己明明其貌不扬，却莫名地引以为傲，硬要说似是而非的解释给别人听，那种猖狂的态度委实令人生畏。所以即使出版社命令我在自己的书上写“序”或“跋”，我再怎么自大都不敢写，更何况我的小说既幼稚又笨拙，我自己看了都很傻眼，更遑论宣传，压根儿都没想过。不过，若现在要谈谈执笔中的小说《右大臣实朝》，无论作者的真意如何，结果都会变成恶心的自吹自擂吧。以电影来说，这三十张稿纸大概就像预告片，摆明了在宣传。无论如何低头垂眼，佯装谦虚美德，乡巴佬就是厚颜无耻，还以为他要说什么，居然是创作的甘苦谈。甘苦谈，真是受不了啊。那家伙最近认真起来了，好像也赚了不少钱，似乎也努力在钻研学问，还说喝酒很无聊，而且留起胡子。这会令听到的人瞠目结舌，直呼真的假的？总之甘苦谈还是算了。看到观众仔细聆听，肚子里的蛔虫都跑出来胡言乱语，作者也深感困惑，所以这篇作品就命名为《厚脸皮》吧。反正我的脸皮本来就很厚。

在稿纸上写了大大的“厚脸皮”后，心情多少也稳定下来了。孩提时期，我很喜欢怪谈，尽管因为太恐怖而吓得哭出来，我也不会扔掉怪谈书籍，而是继续读。后来甚至从玩具箱里取出赤鬼面具戴在脸上，继续读。我此刻的心情和那时很像。因为太恐惧而发生奇妙的倒错。戴上这个“厚脸皮”面具就放心多了，没什么好怕。厚脸皮，定定凝视这三个字，我觉得它变成精磨得发出黑光的铁面具。坚硬有如钢铁，属于男性的阳刚。说不定，厚脸皮是男人的美德。总之，我不觉得这个词低级下流。若戴上这副坚硬的铁面具，以含糊不清的声音谈所谓创作甘苦谈，或许会显得格外庄重，也免于受人嘲笑。想到这里，我这个战战兢兢、胆小如鼠的蠢作者，也独自落寞地颔首赞成。

一九三六年十月十三日到同年十一月十二日，这一个月里，我每天在昏暗的病房里哭泣。这一个月的日记，我把它当成小说发表在某文艺杂志。因为是形式任性的作品，似乎给编辑带来莫大的困扰。这篇作品题为HUMAN LOST（人间失格），虽然现在变成不吉利的敌国语言，但当时我是模仿PARADISE LOST（失乐园）[1]，以“人间失格”的心情写下这个标题。这部日记形式小说的十一月一日，有段文章如下：

难忘实朝

伊豆海卷起白浪

盐花散落

芒草摇曳

蜜柑田

1. 即英国诗人约翰·弥尔顿（John Milton，一六〇八—一六七四）的代表作《失乐园》，取材自《圣经·旧约·创世记》，揭示了人的原罪与堕落。

每当痛苦时，我一定会想起实朝。一直希望有生之年能写实朝。我幸存下来，今年已三十五岁，差不多是该写的时候，但若只写出装模作样的空洞美丽词藻就太无聊了。写实朝，是我年少时期就偷偷怀抱的夙愿。如今这个夙愿似乎得以实现，我也算是幸福的男人，感激得想向天神与观音致谢。但毕竟那个阿光到头来都空欢喜一场了[1]，因为世事难料，所以终于写了一百五十一张稿纸，心情也喧嚣起来，必须谨慎才行。接下来才是最重要。写完这部短篇小说，我又要立刻提着沉重行李箱去旅行，继续做那个工作。哎呀，果然还是写成小学生要去远足前，兴高采烈般的文章更好。人的一生能乐在工作的时期并不多，所以这种轻浮的文章也别消去，留下来当纪念吧。

右大臣实朝

丞元二年戊辰。二月小。三日，癸卯，晴，鹤岳宫照例举办御神乐，将军罹患天花不克前往，遂派前大膳大夫广元

---

1. 人形净瑠璃新版歌祭文的“野崎村之段”中，女性登场人物阿光为了成全心爱男人与其他女人的恋情，削发为尼。

朝臣御史代理祭神，此时御台所亦同出席。十日，庚戊，将军身染天花，心神烦忧。因此由近国的家人等出席。二九日，己巳，下雨，将军病愈，有沐浴。

（《吾妻镜》[1]，以下同）

关于你问的镰仓右大臣，我就把我所见所闻，不加粉饰地告诉你。

这是开头第一页写的。自己引用自己的文章未免太奇怪，况且这样抄写自己的文章，也有一种乳臭未干炫耀才学的感觉，实在令人难以忍受。但这时就要出动厚脸皮的功夫，我可是抄得泰然自若哟。说不定我这个厚脸皮是货真价实的。艺术家本来就厚颜无耻，喜欢装模作样，连夏目漱石一把年纪都还捻着胡子，煞有介事地写："我是猫，尚无名字。"其他更可想而知。反正都不正经。贤者通常会避开此道。虽然《徒然草》也写过这种讨厌的事。模仿

1.《吾妻镜》：记录镰仓幕府时代的编年体史书，也是日本最初的武家记录，又称《东鉴》。写成于十三世纪末至十四世纪初。

笨蛋的人是笨蛋；模仿疯子爬上电线杆的是疯子；模仿圣人贤者，一脸得意双手交抱于胸的人，果然是真正的圣人贤者。但模仿外遇的人，依然是外遇；奇妙地装出学者模样的人，果然是真正的学者；模仿酒后乱性的人，才是真正的酒后乱性；装作艺术家的人，是真正的艺术家；大石良雄[1]借酒装疯的样子，那是真的；还有教人笑谈严肃事的哲学家尼采，居然边笑，边半开玩笑地说着正经事，果然也是爱搞笑的人。因此假装厚脸皮的蠢作者，其实也没什么，就只是厚脸皮的蠢作者。真是直截了当到令人扫兴，简直像被脱光衣服似的，但这也是不容小觑的论述。我想花更多时间来思索这个论述。但唯独小说家是不知羞耻的愚者，这连想都不用想，绝对没错。去年年底，故乡的老母过世，我暌违十年返乡之际，学到一个教训。那时故乡的长兄对我大声斥责："你到死都没出息！"

我嬉皮笑脸地回说："大哥，虽然我现在很没出息，但是，再过五年，不，再过十年吧，十年后我一定能写出

1. 大石良雄（一六五九—一七〇三）：日本江户时代早期的武士，后人根据他的事迹创作了歌舞伎剧目《忠臣藏》。其别名"大石内藏助"更加广为人知。

让大哥肯定我的东西。”大哥睁大眼睛：“你对外面的人，也老是说这种蠢话吗？少来了你，丢不丢脸啊。你一辈子没出息，怎样都没出息。五年？十年？想让我肯定你？别傻了，你就省省吧。你到死都不会有出息。这是一定的。好好记住我的话！”

“可是，”还可是咧，被骂得狗血淋头，我却完全没感觉似的咧嘴傻笑，然后像个被踢开还抱紧人家大腿的女人说，“这样我就失去希望了。”用分不清是男是女的口吻又说，“你到底要我怎么办嘛？”我曾在水上温泉看过“宝船团”剧团下乡巡回演出的一出戏，那时有个额头很窄的小生，站在舞台边垂头丧气地说：“我到底该怎么办才好？”这出戏的名称非常勉强，叫作《染血的明月》。

大哥也傻眼，开始烦躁起来。

“那就什么都别写啊，什么都不要写。我的话到此为止。”语毕便起身走人。但这时大哥的训斥非常管用。我因此眼界大开。过了百年、千年依然能名留青史的人物，一定是我们难以揣想的神人。看到羽左卫门饰演的义经，会在心里画出温柔白皙的义经像；看到阪东妻三郎扮演的织田信长，会被他粗哑的嗓音震住，宛如信长本来就这样。可能不是，但或许可能就是。近来历史小说非常流行，我最近读了两三部，惊异地发现羽左、阪妻[1]跃然纸上。羽左、阪妻的表演活跃，外形也很绚丽抢眼，若把它当作一种新的说书，也有说书难以割舍的天马行空，读起来也很有意思，但若为了让人物更有人味，把楠木正成说成寂寞得要命的人，把御前会议写得好像同人杂志的评论会，充斥着大吵大闹与憎恨怨怼，就有点离谱了。可能因为作者写加藤清正[2]或小西行长[3]，是以自己微小的日常生活来推想，才会净是孤寂的英雄豪杰，甚至把加藤与小西都写得像运动选手般喧闹，到了夜晚就会嚷嚷寂寞。这种历史小说，若当成滑稽小说或讽刺小说或许别有一番趣味，但作者却格外用力，想写得很严肃，使得读者都不知道该从何读起。就旨趣而言，也是很糟糕的旨趣。

我以前就在思索，是否非得把历史大人物和作者的

1. 阪妻：阪东妻三郎的昵称。

2. 加藤清正（一五六二——一六一一）：日本安土桃山时代、江户时代的武将和大名。

3. 小西行长（约一五五五——一六〇〇）：日本安土桃山时代后期武将。

差距拉开千万里才行，这时大哥开骂了："千万里也不够！是白虎和瓢虫！不，是龙和孑孓！根本不能相提并论。"有个通俗作家说，这次想和德川家康联手，写出一部巨作。"你在胡说什么呀，跟谁联手都没有用！称称自己有几两重，几两重！一定到死都没出息！好好记住这句话！"我模仿大哥的语气，把这个根本不存在的通俗作家抓出来臭骂一顿，心里痛快多了。所以我这个三十五岁的男人，八成是日本第一大笨蛋。

（前略）从他的环境来推测，他可能是一脸自夸地咕哝厌世、自暴自弃、看破红尘的人，但看在我眼里，他总是那么惬意悠哉，甚至曾纵声大笑。从环境来推测，他可能吃了不少苦，但若同情他，看到他活得积极开朗反而会大吃一惊，这也是常有的事。我们在旁边看他的日常生活，也不是那么灰暗阴郁。我来将军府是十二岁的正月，问注所[1]入道大人[2]在名越的家遭祝融之灾是正月十六日，在那三天后，父亲带我

1. 问注所：镰仓幕府、室町幕府设置的统管诉讼事务的机关。

2. 入道大人：指遁入佛门的高官显要。

来到将军府，开始在将军身边服侍，因为那场火把将军交由入道大人保管的文件书籍都烧成灰了，入道大人也来到将军府，但却老年痴呆似的，只是呆呆站在那里流泪。我看到那副模样忍不住窃笑，惊觉失礼后立刻重新振作偷看将军的脸，只见将军也正看着我，对我莞尔一笑。那神情仿佛在说，即使贵重的文件书籍烧掉了，也不是什么大不了的事，和我一起趣味盎然看着入道大人的愁叹。那时我打从心底，把他当神明般尊敬，决定死也不离开他身边。但毕竟，他和我们是天壤之别，身份背景截然不同。若以我们贫穷凡俗的心态，来推测他的各种事情，会犯下离谱的错误。说什么每个人都一样，这是何等肤浅又自命清高的想法，真是令人恼怒。这是发生在他刚满十七岁的事。那时他的身体已长得颇为健硕，稍稍低头垂眼、泰然自若坐在那里的模样，看起来比将军府任何老人都有智慧，也更成熟稳重。

“年纪一大，每逢岁末，备觉孤寂。”

那时，他已经能做出这种诗。虽说有天生的背景所赐，但我们真的只能感叹不可思议。（后略）

抄太多的话，说不定会被出版社骂。这部作品应该可以控制在三百张稿纸内完成，不会在杂志连载，直接由出版社发行单行本，因为我已预支了一些稿费，这份稿子已经不是我的了。但从三百张里抄录个五六张，应该不是什么重罪吧。若要放在杂志连载，这种抄录是不允许的，一定是犯罪。但因三百张要一次发行单行本，所以只不过五六张，就笑一笑原谅我吧。不，我不敢说这种话，我恳求宽恕。反正是电影的预告片，以结果来说就像宣传一样，我想出版社也会高抬贵手。既然已经如此小心翼翼、提心吊胆、卑鄙无耻为自己辩解，那就再戴上铁面具。刚才抄录了两张半，顺便再让我抄个两张。

（前略）我刚来到将军府工作，而且是个年仅十二岁的小孩，真的非常紧张害怕（中略）。现在我来谈一下那时候的事吧。二月初，将军发烧，六日晚上病情恶化，十日几乎濒临病危，过了这个关卡，后来就像薄纸一张张撕去，将军病情也逐渐好转。我忘不了，二十三日下午，已出家的尼御台所夫人带着御台所夫人来将军的寝室探病。那时我也低调地待在寝室一角。尼御台所夫人一直跪坐在将军枕边，凝视将军的脸，然后说了一句："我好想再看一次你以前的脸。"说得泰然自若，咬字清楚，宛如在说今天气很好。即使我是个小孩，听了这话，心里也一阵悲戚。御台所夫人更是难以忍受，哭倒在地。但尼御台所夫人依然凝视着将军的脸，以平静的语气问："你知道吗？"将军脸上残留着天花痕迹，面容变得很丑。身旁的人都装作没看到，尼御台所夫人却若无其事地说出来，我们霎时吓得脸色苍白，差点昏过去。那时将军稍稍点头，露出雪白牙齿笑说：

"马上就会习惯的。"

这句话真是难能可贵。他果然是出类拔群、不同凡响的人。之后过了三十年，我也四十几岁了。但他那时豁达的心境，我无论如何，到了三十岁或四十岁，不不不，即使今后再过几十年，都无法达到这种境界。（后略）

并不是这段很感人，我才特别抄写。我只是让大家具体知道，我是以这种感觉在写。实朝的近侍在实朝大去之时出家了，隐居在深山里。这部小说的视点，是以去探访住在深山里的近侍，听他谈很多实朝的回忆来写的。史实则是根据《吾妻镜》。因为不能乱写，所以撷取了些许《吾妻镜》的文本，穿插在小说的重要环节中。但故事情节未必和《吾妻镜》的文本一样，这时我会比较两者，做一些引人入胜的安排。天啊，这广告简直比大马路边摆摊卖药膏的小贩更露骨。算了，就此打住。我的铁面具都热起来了。谈谈别的事吧。话说，D 这家伙还真敢啊。三年前遇到他时，他还搞不清足利时代与桃山时代，弄得自己狼狈不堪，这回竟然要写实朝？所以说嘛，这个世界真的很可怕，什么跟什么嘛，莫名其妙。D 还说，写实朝是他年少时就偷偷怀抱的夙愿。真是吓死人。天啊！这人是不是疯了？那家伙说他戒酒在努力读书是骗人的哟。他是买了一本儿童绘本《源实朝大人》回来，窝在暖炉桌里，一边喝着配给的烧酎，一边用红笔仔细在绘本的说明文做注脚吧。啊，我可以想象他那副德行。

最近，我认为每个人都彻底瞧不起我是应该的。艺术家，这样只是刚刚好。我丝毫没有生而为人的伟大。伟人能清楚表达自己的意志，绝不会输，也不会挫败。我总是咕哝含糊，招来严重误解，通常都输得一塌糊涂。到了深夜独自躺在床上便开始后悔，啊，要是那时候这么说就好了，真糟糕。啊，要是那时候潇洒走人就好了，真糟糕。后悔莫及，辗转难眠，所以遑论伟大，甚至可说是最劣败的人。

日前，我向某个年少友人说了一段话。你认为自己也有优点，可是名垂青史的人，在你这年纪已经读了万卷书，而且那万卷书不是猿飞佐助[1]、鼠小僧[2]，也不是侦探小说或恋爱小说，是那个时代连学者都还没读过的书。就这点而言，你已经失格了。此外伟人的腕力也是，毫无例外都是出类拔萃地强，但他们绝不夸耀自己有多强。你好像是剑道二段吧，但你有个毛病，一喝酒就找我比腕力，这实在太难看。伟人不会这样。名人或高手，大多貌似柔弱，但显得很镇定。就这点而言，你也完全失格。还有，你中学时代做过不自然的行为吧，这也已然失格，伟人终

1. 猿飞佐助：日本战国时代的忍者，后成为真田幸村家臣，在真田十勇士中是最出名的。

2. 鼠小僧：江户末期的盗贼，专偷大名的宅第，因动作敏捷被称为鼠小僧。

生不做这种事。身为一个男人，这比死更耻辱。还有，伟人也不会嚷嚷寂寞，不会轻易落泪，没有过剩的感伤，能泰然忍受孤独。哪像你，只是被父亲骂一下，就去找朋友倾诉你的孤独之苦。女人都比你更有忍受孤独的能力。

俗话说“女人三界无家”[1]，即便是自己出生的家，迟早总得出嫁，所以父母的家也只是寄居。嫁人之后，若不符合夫家的家风也可能被休妻，就算没有被休妻，要是丈夫死了会怎样？若有小孩，或许可以去小孩的家让他们照顾，但这也不是自己的家，只是寄居。但纵使三界无家的女人，也不会悲叹自己的孤独，还是忙碌地做针线活儿、洗衣服，到了夜晚也香甜地睡在别人家，真是了不起啊。你连女人都比不上，是人类最低下的等级。你和我都是同样的等级。不知为何，我总觉得活在当今这个时代，必须先认清自己和伟人有多么不同。

以上是我笑着奉劝自称天才诗人的建言。最近每当有事发生，我就更明白自己有多没出息，觉得很扫兴，便一本正经起来。我想默默地像虫子般努力读书，这种有些害羞又值

1. 女人在这辽阔的世界没有真正能安居的场所。

得嘉奖的心情，也是完全来自这里。日前，我戴着战斗帽、缠着绑腿，参加后备军人的分会检阅时，在五百个人里，只有我的动作最笨拙，连单膝着地的姿势都做不好，被分会长骂，让我很不是滋味。我很想向分会长说，虽然我在这里表现得很差，但到了外面我可是个出色的男人。尽管如此，我还是紧闭嘴巴，改以怒目瞪视分会长。但这无言的抗议完全无效，只落得仿如睡眼惺忪在乞怜般的效果。

我是后备的国民兵，而且是丙种体质[1]，其实可以不参加那个检阅，但在班长的建议下，我去了。服装也很诡异，只要穿上后备国民兵的服装，任何人都彻底变成后备国民兵的模样，职业、年龄、知识、财产全部消失了，无论医生、工匠、董事或理发师，看起来都是同年龄、同资格的后备国民兵。平常我穿得再寒酸，但我的人品气质也不会显得卑下，大多会被认为我这个人非比寻常；但穿上后备国民兵服装后，这些成了说书里的事，完全就只是一个国民兵，所幸这里有严谨的军律，因此我不敢随便对长

1. 丙种体质：依照日本一九二七年颁布的《兵役法》，丙种体质指体格或健康状态极端恶劣者。只会在战争最末期兵源严重不足时被送上战场。

官兴起傲慢之心。这天，我完全是个后备国民兵，其他什么都不是，而且是个动作颇为拙劣的兵。因为我一个人的参加，给我的小队带来莫大困扰。我就是如此笨拙不堪。但其实也发生了意料之外的事。检阅完毕后，担任检阅官的老少校讲评："今天各位的成绩还算良好。"然后又拉高嗓门说，"最后，我要告诉各位，有一位同袍，没有被召集来参加今天的检阅，但他却主动前来，委实令人感佩，精神可嘉，真的堪称一桩美谈。我当然会把这件事呈报上级。现在我要呼叫他的名字。这位同袍，请以在场五百人都能听到的声音，清楚地，大声回答。"

真的也有奇特之人哪，究竟是在什么环境下生长的人会如此行动？正当我如此思忖之际，我的名字被叫到了。"有呜……"因为我喉咙卡着痰，回答时声音变得沙哑怪异。别说五百人，不晓得有没有十个人听到，总之我的气势衰弱。怎么会是我呢？会不会搞错了？我又重新思考一下，应该不是无凭无据。虽然我身体很差，又是丙种体质，可是我们班人数很少，因为住在附近的班长建议，我才来参加。虽说聊胜于无，但我万万没想到这是如此值得激赏的善行。我觉得我好像卑鄙无耻地欺骗了大家。检阅结束后的归途上，我羞得不敢看任何人，避开大马路，低头快步走田间小路回家。那晚，大家一起喝配给的五合酒，但我心情极度凝重。

“你今晚怎么特别沉默？”

“我要用心读书。”

记得有位勇士，在记者座谈会上说，穿着降落伞独自降落在草原时，觉得很孤寂。连勇士们这时都感到孤寂。这晚我喝着五合酒，也深切体会到这犹如古井底的孤独。动作极为拙劣、小心翼翼的三十五岁老兵，竟被当作分会的模范表扬，多么令人不安。不管我的脸皮多厚，说到这里我都不禁扔笔，双手掩面。

（前略）建历元年，少主年满十二岁，在当时的别当[1]定晓僧都[2]的房间举行落发，法名定为公晓。那是九月十五日的事，落发完毕后，尼御台所夫人带他去见将军，虽然这是我首度

1. 别当：管辖大寺院、神宫寺的僧官。

2. 僧都：管理佛教僧尼所设的僧官职，位在僧正之下，是第二高位的僧官。

见到这位年轻的禅师，但总括一句，是个非常和蔼可亲的人。有种因幼时便尝尽世间辛酸而特有的磊落。他的笑容隐隐带着卑屈胆怯，即使如此，他也以腼腆的笑容对一旁的我们谦和回礼致意，硬是努力表现得天真开朗。看着这年仅十二岁孩子的态度，我不禁心生爱怜，心情也黯淡了起来。不过，不愧是继承了源家直系血脉的人，身体已长得颇为健硕，虽然脸庞和将军的厚重相比，显得过于纤细，但依然有贵公子的典雅气质。他撒娇般紧紧偎坐在尼御台所夫人身边，然后抬头看将军，只是笑眯眯地看着。

可能是我多心，我觉得这时将军似乎不太高兴。他沉默了片刻，虽然与平常一样稍微弓背低头，动也不动地坐着。终于他抬头，面带忧容，问了一句出人意料的话：

“你喜欢做学问吗？”

“喜欢。”尼御台所夫人代为回答，“他最近变得很乖。”

“或许不容易。”

将军又低下头，喃喃地继续说，

“唯有这条是活路。”

谁

耶稣和门徒前往该撒利亚腓立比村庄的路上，问门徒：“人们说我是谁？”门徒回答：“有人说是施洗的约翰，有人说是伊莱贾，有人说是先知之一。”耶稣又问：“你们说，我是谁？”彼得回答：“你是基督，永生神的儿子。”

《马可福音》第八章第二十七节

真是好险。耶稣陷入苦恼，迷失自己，惴惴不安，竟向无知文盲的门徒问这种异乎寻常的问题：“我是谁？”他是想借无知文盲门徒的回答来肯定自己。幸好彼得相信，过于愚直地相信，深信耶稣是神的儿子，所以才能若无其事地回答。耶稣也借由门徒的回答，更深切地明白自己的宿命。

在二十世纪的蠢作家身上，倒也有类似的回忆，但结果截然不同。

某个秋夜，这位作家和学生前往井之头公园的路上，问学生："人们说我是谁？"学生回答："冒牌货，也有人说骗子，也有人说狂妄轻佻者，也有人说酒后狂暴者。"作家又问："那你们说，我是谁？"一位留级生回答："你是撒旦，恶魔的儿子。"

我和学生道别回家后，心里愤愤不平，觉得学生说得太狠毒，但也无法全盘否定那个留级生恐怖的说法。那段时期，我彻底迷失了自己，不知道自己是谁，一切的一切都搞不清方向。工作赚了钱，就去玩。没有钱又开始工作，然后有点钱进来，又跑去玩，反复做着这种事。有天晚上静心一想，不禁背脊发寒。我究竟把自己当成什么？这根本不是人过的生活。我甚至没有家庭。三鹰这个小房子，也只是我的工作场所。只要暂时窝在这里完成一项工作，便立刻离开三鹰。逃出去。去旅行。但尽管去旅行，我依然没有家。纵使到处游荡，心里也总挂念三鹰的事。可是回到三鹰，又马上向往旅行。工作场所很无聊，但旅行也满心不安。我总是无法定下来。究竟怎么回事？我好像不是人。

“竟然说那么狠毒的话。”我躺着摊开报纸，但一个字也看不下去，内心充满不甘，于是故意大声对在隔壁房间缝衣服的内人说，

“真是可恶的家伙！”

“什么事啊？”内人果然中计，“你今晚回来得很早耶。”

“当然早啊。我已经无法跟那些家伙来往了。居然说那么狠毒的话。伊村那家伙，居然说我是撒旦！那家伙算什么啊，自己都连续留级两年了，他凭什么这样说我。实在太失礼了！”我像个在外面被揍、回家告状的软弱小孩。

“都怪你把他们宠坏了。”内人以愉悦的语气说，“你不可以老是这样宠他们。”

“是吗？”这倒是意外的忠告，“你别说这种无聊话。虽然我看起来很宠他们，但其实我这么做别有用意。没想到你会对我说这种话，难道你也认为我是撒旦吗？”

“这个嘛……”然后她静默不语，似乎在认真思考。片刻之后，她说，“我是觉得……”

“你就说吧，觉得怎样尽管说。把你想的说出来。”我几乎将身体摆成大字形，躺在榻榻米上。

“你是个懒散的人。这一点是确实的。”

“这样啊。”这不太好，不过比撒旦好一点，“但不至于是撒旦吧。”

“可是太懒散，看起来很像恶魔。”

根据某神学家的说法，撒旦的真面目是天使，天使堕落成了撒旦。这种说法也未免太高明。撒旦与天使是同族，这是很危险的思想。我无论如何都无法想象，撒旦会可爱得像河童[1]。

撒旦是即使和上帝战斗，也不太会输的刚猛大魔王。

1. 河童：意味居住在河里、孩子模样的生物，在日本广为人知。在有关河童的作品中，有时会将其描绘得有些可怕，有时也会将其描绘得十分可爱。

伊村竟说我是撒旦，简直胡说八道。不过被伊村这么一说，之后过了一个月我还是很在意，不由得查了一下各种学派对撒旦的说法。我想确实掌握资料，来反证我不是撒旦。

撒旦通常被译为“恶魔”，据说这个词源自希伯来语的“撒答恩”与阿拉米语的“撒塔恩”及“撒塔那”。我是个很不用功的人，别说希伯来文和阿拉米文，我连英文都看不太懂，所以谈这种学术性的事实在很惭愧。据说撒旦的希腊文叫“得依亚波乐斯”。虽然我不清楚“撒答恩”的原意，但好像是“告密者”、“反抗者”的意思。而希腊文的撒旦就直接译成“得依亚波乐斯”。这是我刚刚查字典才知道的事，要我把它当作自己的知识陈述，委实于心不安，觉得讨厌。不过为了证实我不是撒旦，再怎么讨厌也得再说一点。总之，“撒旦”这个词最初的意思是，在上帝与人类之间，挑拨离间两者的人。在旧约时代，撒旦并没有以强而有力与上帝对立的姿态出现。在旧约时代，撒旦甚至是上帝的一部分。某位国外的神学家，对旧约以后的撒旦思想演进做了报告，内容大致如下：

犹太人长住在波斯期间，知道了新的宗教组织。波斯人信奉的是一个名为扎拉兹斯多拉，还是索罗亚斯德的伟大教祖所创的教义。索罗亚斯德认为，整个人生是善恶之间的不断斗争。这对犹太人来说是全新思想。在这之前，他们只认同耶和华是万物唯一的主宰。当遇到挫折、战败、病灾，他们深信这些不幸都是自己的民族信仰不足所致。他们只敬畏耶和华，从未想过罪恶是恶灵单独诱惑的结果。在他们眼里，连伊甸园的蛇，都不会比违背上帝旨意的亚当与夏娃更坏。不过，受到索罗亚斯德的教义影响，犹太人也开始相信有另外一个灵，企图颠覆耶和华所完成的一切的善。

他们把这个灵当作耶和华的敌人，命名为撒旦。

然后撒旦就预备以刚猛之灵登场了。接着来到新约时代，撒旦堂而皇之地与上帝对立，肆无忌惮地兴风作浪。在《圣经·新约》的各页里，用下面各种名称来称呼撒旦。就如日本的歌舞伎会用“他有两个名字”来形容夕徒，撒旦的名称也不会只有两三个，例如“毁谤者”、“没价值的人”、“鬼王”、“恶魔之首”、“世界之王”、“世界之神”、“控诉者”、“试探者”、“坏蛋”、“杀人凶手”、“虚伪之父”、“灭亡者”、“敌人”、“大龙”、“古蛇”等等都是。以下节录日本唯一值得信赖的神学家冢本虎二的看法：

由名称也大致可以看出，《圣经·新约》里的撒旦，在某个意义上是与神对立的。他拥有并统治一个王国，和神一样拥有很多仆人，恶鬼就是他的属下。但他的王国在哪里就不清楚了。好像介于天地之间（《以弗所书》第二章第二节），也好像在天上（同前，第六章第十二节），又好像在地下（《启示录》第九章第十一节，第二十章第一节以后）。总之他统治地上这个世界，竭尽所能想把恶加在人们身上。他统治人类，人一出生便在他的权力之下。因此他是“这个世界的君主”，是“这个世界的神”，拥有一切的权威与荣华。

于此，那个留级生伊村的说法，被驳倒得体无完肤。也证明伊村的说法彻头彻尾谬误，是个谎言。我才不是撒旦。这么说很奇怪，我没有撒旦那么伟大，我既不是这个世界的君主，也不是这个世界的神，更不拥有一切的权威与荣华。连三鹰的脏兮兮黑轮店都瞧不起我，岂止没有权威，还被黑轮店的女服务生骂得手足无措。我不是撒旦那种大人物。

终于松了一口气之际，心中又涌现别的不安。为什么伊村会说我是撒旦。不可能是想说我是大善人，而说出“你是撒旦”吧。他一定是想说我是坏人。但我绝对不是撒旦。我没有这个世界的权威，也没有荣华。伊村说错了。那个留级生太不用功，所以不知道撒旦这个词的真正含意，一定只是想说我是坏人而用了这个词。但我是坏人吗？我也没有自信敢斩钉截铁地否定。我虽然不是撒旦，但撒旦还有手下恶鬼。伊村或许是想说我是撒旦手下的恶鬼，但可怜因为没有知识，才把我说成撒旦吧。根据《圣经辞典》所载：“恶鬼是追随撒旦一起堕落的灵物，专爱怨恨别人，污秽人心，其数众多。”那些恶鬼是非常卑鄙的家伙。那些自称为“群（Legion）”的，大声咆哮说他们为数众多，反遭耶稣斥骂，慌忙骑着两千只猪逃跑，闯下山崖，投海淹死的，也是这批家伙。[1] 真是窝囊鬼，跟我

1. 典出《圣经·新约·马可福音》第五章。

很像，真的太像了。若说我是撒旦的随从，确实很像不是吗？我的不安激升到顶点，使我不禁仔细审视自己这三十三年的生涯。很遗憾，确实有过——我确实有一段时期，追随过撒旦。想到这个，我按捺不住，急忙跑去某个前辈家。

“不好意思，请别见怪。记得五六年前，我曾写一封信向你借钱，请问那封信还在吗？”

前辈立即回答：“在啊。”前辈直勾勾地看着我，笑了笑说，“看来你终于在意起那封信了啊。我原本打算等你有钱以后，要拿着那封信去你家恐吓你。那真是一封很过分的信，谎话连篇。”

“我知道。我想看一看，那些谎话巧妙到什么程度。请让我看一下，一下子就好。别担心，我绝对不会抢了就跑。借我看一下，马上还给你。”

前辈笑着拿出小型文卷箱，稍微找了一下，递给我一封信。

“说恐吓是开玩笑的，不过你以后要小心点。”

“我知道。”

那封信的全文如下：

〇〇兄：

这是我一生一次向您请求。我已经想尽办法，但找不到好方法，写这封信也是摊开又收起卷纸五六次，终于才提笔。希望您能体察我的心情。这个月的月底，我一定会还钱，能否请您去 ×× 家那一带，帮我借二十圆，如果不行，十圆也好，能不能拜托您去帮我借？我绝对不会给您带来麻烦。借的时候就说："太宰最近有点失败，很伤脑筋。"三月底我一定会还钱。至于借到的钱，看是您要寄给我，还是您要来我家玩顺便拿给我，能这样是最好不过，我会很开心。无论您要骂我厚脸皮、任性、自私、狂傲、窝囊，我都有接受的觉悟。目前，我在做一个工作。等这工作完成，钱就会进来。若能早一天完成，也能早一天纾困。这个工作需要二十天，但我会尽快做完，这样对我也好。恳求兄台体谅，万事拜托。现在我什么都没力气说，详情留待日后见面再叙。

三月十九日 治敬上

很意外地，这位前辈竟然用红笔在信里做评，写得到处都是。括号里的是这位前辈的评论。

〇〇兄：

这是我一生一次（人的任何行为，都是一生一次）向您请求。我已经想尽办法（有先找三四个人谈过吗？），但找不到好方法，写这封信也是摊开又收起卷纸五六次（这可能是实情），终于才提笔写。希望您能体察（什么体察，这个说法有点怪）我的心情。这个月的月底，我一定会还钱，能否请您去××家那一带（那一带是什么意思？到底在说什么），帮我借二十圆，如果不行，十圆也好，能不能拜托您去帮我借？我绝对不会给您带来麻烦（这或许是真的，但还是不可靠）。借的时候就说（“就说”是哪门子的鬼话，而且太失礼了）：“太宰最近有点失败，很伤脑筋。”三月底我一定会还钱。至于借到的钱，看是您要寄给我，还是您要来我家玩顺便带给我（他竟然连亲自来拿的意思也没有，更是失礼之至），能这样是最好不过，我会很开心（若这个开心是真的，他真的没救了）。无论您要骂我厚脸皮、任性、自私、狂傲、窝囊，我都有接受的觉悟（有觉悟很好，表示还知道自己在做什么。但也只是知道）。目前，我在做一个工作。等这工作完成（这里我很同情），钱就会进来。若能早一天完成，也能早一天纾困。这个工作需要二十天（看似在夸大天数，要小心），但我会尽快做完，这样对我也好（虚伪至极，太愚弄人了）。恳求兄台谅解，万事拜托。现在我什么都没力气说（犹如新派悲剧的台词，目中无人），详情留待日后见面再叙。（以借钱信而言，这封信实在拙劣至极。总之，看不出丝毫诚意，谎话连篇。）

三月十九日 治敬上

“这真的很过分哪。”我不由得叹息。

“很过分吧？我看了都傻眼了。”

“不，是你用红笔写得比较过分。我的文章，没有我想象中那么过分。我原本以为这封信是极尽狡智之能事，但现在看了却觉得意外正经，我都觉得有点扫兴呢。居然如此轻易被你识破，哪有这么，哪有这么……”

我想说哪有这么愚蠢的恶鬼，但我不敢说。因为我觉得，也许还有什么事骗了这位前辈。前辈见我欲言又止，从我手中拿走这封信：

“给我看看。很久以前的事了，我都忘记我发过什么牢骚了。”前辈喃喃说着开始看信，不久喷笑说，“你真是个笨蛋啊。”

笨蛋。这句话救了我。我不是撒旦，也不是恶鬼。我是笨蛋。我是笨蛋啊。仔细想想，我以前做的坏事，大多立刻被人识破，让人觉得傻眼好笑。我总是无法完美地欺瞒别人，动不动就会露出马脚。

“我有个学生，说我是撒旦。”我稍微宽心，开始诉说原委，“我觉得很可恶，实在受不了，就做了很多研究。到底这世上真的有恶魔和恶鬼吗？看在我眼里，我只觉得每个人都善良软弱，我无法责备别人的过错。我觉得那都是情有可原。我没看过真正的坏人。其实大家都差不多不是吗？”

“那是因为你有恶魔的素质，所以对普通的恶不会惊讶。”前辈气定神闲地说，“看在大坏蛋眼里，这世上的人，每个都是幼稚的窝囊废吧。”

我的心情再度黯淡。这可不行。被“笨蛋”所救，乐过了头，不料又跌入谷底。

“是吗？”我愤愤地说，“这么说，你果然也不相信我喽？是这样吗？”

前辈笑了。

“别生气。你别老是动不动就生气。你刚才说你无法责备别人的过错，说得好像基督一样冠冕堂皇，所以我想挖苦你而已。你说你没看过真正的坏人，可是我看过。两三年前，我曾在报上看到。有个男人，把火柴点燃扔进邮筒里，看到邮筒里的邮件烧掉就很高兴。他不是疯子，只是漫无目的地玩这个游戏。每天每天，到处放火烧邮筒里的邮件。”

“哇，这真的很过分。”这家伙是恶魔。没有同情怜悯的余地。他是真的坏到骨子里。看到这种家伙，我也会把他痛揍一顿，判他死刑以上的刑罚。这家伙是恶魔。和他相比，我果然只是个“笨蛋”。这件事终于解决了。我看到这世上的恶魔，那家伙跟我截然不同。我不是恶魔，也不是恶鬼。啊，感谢前辈告诉我这件事。之后四五天，我的心情格外开朗，但好景不常，我又被叫“恶魔”了！这个阴魂不散的看法，会纠缠我一辈子吗？

我的小说，没有女性读者。但今年九月以来，有个女人几乎每天来信。这个人是病人，住院很久了。为了打发寂寥，宛如在写日记般，每天写信给我。后来能写的事情愈来愈少，这回竟说想跟我见面，叫我去医院看她。我想了又想，我这副尊容与穿着，实在不想让女人看到。她一定会轻蔑我。更何况我很不会说话，有时连自己都觉得莫名其妙。还是别见为好。于是我搁置来函，没有回信。结果她接下来竟写信给我内人。因为对方是病人，内人也宽大为怀，叫我去看看她。我想了两三天。那个女人一定在编织美梦，看到我这张又黑又怪的脸，搞不好会绝望到昏过去。纵使不至于昏厥，病情也想必会明显恶化。可以的话，我想戴着面罩去看她。

女人不断地写信来。坦白说，我不知不觉也萌生情愫。终于在日前，我穿上最好的衣服，前往医院。我真的紧张得要命。我打算站在病房的门口，说一句“请多保重”，然后开朗地笑一笑，旋即转身走人。这样才能留给她最美的印象。我照着我的计划实行。病房有三朵菊花。女人美得令人惊艳。穿着毛巾布料的蓝色睡衣，披着铭仙[1]的外褂，面带笑容坐在床上。丝毫没有病人的感觉。

“请多保重。”说完，我摆出自认最迷人的笑容。心想这样就行了，逗留太久恐怕会残酷地伤到她。于是我立即告辞。归途上，我十分落寞。慰劳别人的梦想，是很孤寂的事。隔天，她来信了。

我出生至今二十三年，没有受过今天这种奇耻大辱。你知道我是带着什么心情等你来吗？你竟然看了我一眼，便转身离去。你是对我寒酸的病房，和我这又脏又丑的病人模样感到幻灭，难以忍受转身走人。你把我当作抹布般地轻蔑。（中略）你是恶魔。

没有后话。

---

1. 铭仙：一种平织的绢织品，盛行于大正、昭和时代，图纹大多融和传统和现代元素的和服。

四 人间

我的善良是，
毫不斟酌地
让对方看到
我的全貌。

戒酒之心

我想戒酒。因为最近的酒，让人变得很卑屈。据说古人常借酒养浩然之气，但现在只会让人心灵肤浅。近来我极度痛恨喝酒。我认为有才能担当大任者，现在都该毅然决然粉碎酒杯。

平日嗜酒者，心灵会变得何等吝啬卑微，竟在一升配给酒的酒瓶上，画上十五等分的刻度，每天只喝一刻度的酒，偶尔多喝了，要喝下一个刻度时，便加入一刻度的水，将酒瓶横抱摇匀，企图让酒与水融合发酵，委实令人失笑。此外在配给的三合烧酎里，加入一壶粗茶，然后将这褐色液体倒进小玻璃杯，硬是虚荣地说：“这杯威士忌里有茶梗立着，真是愉快啊。”说完还豪放大笑，但一旁的老婆却笑也不笑，反而更显凄凉。以前晚酌之际，若恰有好友自远方来，总会兴高采烈地说：“哎呀，你来得正是时候，我正想找人喝酒哩，没什么好招待，来一杯如何。”便畅快地喝了起来。如今却极其阴郁。

“喂，老婆，差不多了，我要喝那一刻度的酒了，把门关起来，上锁，还有木板套窗也都关起来，免得被人看到。不然别人羡慕流口水，我也不好意思。”

明明没有人会羡慕那区区一刻度的晚酌，但心灵变得吝啬卑微，所以才会风声鹤唳心惊胆战，听到外面的脚步声便胆战心惊，仿佛自己犯了什么滔天大罪，会招来全世界的痛恨，内心充满恐惧、不安、绝望、气愤、怨怼、祈祷，带着如此复杂的心情调暗房里的灯光，弓着背，一点一点舔吮玉液琼浆。

“有人在吗？”玄关传来声音。

“不要来！”倏地摆出护酒架势，这酒怎么可以给别人喝。旋即将这瓶酒藏在橱柜深处，还剩两个刻度，是明天和后天的份儿。眼前的小酒壶大概还有三小杯，这要拿来当睡前酒，现在绝对喝不得，不能碰，不能碰，用包袱巾盖起来。好了，没有什么疏漏吧？仔细环顾室内，确认安全无虞，忽然用柔媚的语气说：

“哪位？”

啊，我写着写着都快吐了。人到这个地步就完蛋了，还谈什么浩然之气。所谓“月夜，雪朝，花前，举杯谈心，倍添乐趣”，至少该学学古人这种典雅心境，好好努力反省。酒真的那么令人沉迷吗？使得一个个留着胡子的大男人，顶着火红夕阳，挥汗如雨，乖乖在啤酒屋前排队，还不时踮起脚尖从啤酒屋的圆窗窥看店内，摇摇头长吁短叹，怎么排了这么久还轮不到自己。店内也一片拥挤混杂，手肘互碰，彼此牵制，毫不相让地大声喊叫：“喂！快给我啤酒！”也有操着东北口音的人大吼：“喂，逼噜[1]！”喧嚣吵闹。好不容易到手一杯啤酒，几乎忘我喝光之际，忽然一个肤色黝黑、目露凶光的男人，连声抱歉也不说便挤了进来，硬是将自己从椅子上挤开。一阵错愕

1. 啤酒的日语发音。

之余，自己只好退场。重新打起精神："好，再来一次！"又走到户外的人龙尾巴，开始排队。这样三四次反复下来，弄得身心俱疲，只好无力地咕哝："啊，醉了。"踏上归途。我想国内的酒绝对不至于如此不足，可能是最近喝酒的人变多了吧。有些以前没喝过酒的人，因为听到缺酒的风声，心想"好吧，趁现在赶快喝一杯"，若不先尝尝酒的滋味，好像以后都喝不到似的，凡事都要体验一下才不会吃亏。由于这种奇怪的小人贪念，使得他们不仅占有了配给酒，还一度突击啤酒屋，想跟人家挤挤看，凡事都不肯输，所以也想去黑轮店凑热闹，听说咖啡馆这种地方很特别，究竟是什么样的地方，也想趁现在体验看看。基于这种无聊的上进心，不知不觉喝起酒来，没钱的时候，连一个刻度的酒都珍惜得要命，满心欢喜喝着立着茶梗的威士忌，已到难以自拔的地步。我认为这样的人很多。总之，小人难以度测。

有时去酒铺，我也看到很多讨厌的事。客人肤浅的虚荣与卑屈，老板的傲慢与贪婪。每次去我都重新下决心戒酒："啊，算了，我不喝酒了。"可能是时机尚未成熟，至今尚无法断然付诸行动。

一般走进店里，店员会笑脸相迎：“欢迎光临。”但这是很久以前的事了，现在是客人堆起笑容，主动向老板、女服务生打招呼：“你好。”笑得满脸卑屈，而且通常他们还不理你。有个非常有礼貌的人还脱帽致意，客客气气地说“老板好”，虽然看似拉保险的绅士，但也是确确实实来喝酒的客人，照样遭到漠视。

有个更周到的客人，一进来就开始抚摩吧台上的装饰盆栽，然后大声地自言自语，故意让老板听到：“这样不行，要浇点水比较好。”还用双手去洗手间捧水来，洒啊洒地浇在盆栽上。不过他只有动作很大，实际浇进盆栽里的水只有两三滴。接着他从口袋里掏出剪刀，咔嚓咔嚓地修剪枝叶，把盆栽修得漂亮有型，不禁让人以为是园艺店的人来保养盆栽。但谁也没料到，他是某家银行的董事，为了讨老板欢心，特地将剪刀放在口袋里带来。但他的一番苦心也起不了作用，依然遭老板漠视。

各式各样的人，耍尽花招，但都不管用，一样遭到老板冷峻对待。但客人并不怕老板不理不睬，只求老板能让他们多喝一瓶酒。后来，明明自己不是店里的员工，但每当有人进来，他们就会喊："欢迎光临！"有人离开时，一定会大声说："谢谢光临，欢迎再来！"明显已陷入错乱发狂的状态，真的很可怜。唯独老板镇定地喃喃自语："今天有盐烤鲷鱼。"

一位识相的年轻人立即拍桌："感激不尽！我最爱吃这个。盐烤鲷鱼最棒了。"但内心暗忖：棒个头，这道菜很贵吧，我压根儿没吃过盐烤鲷鱼，不过这时一定要装成喜出望外的样子。可恶！其实我痛苦死了！"听到盐烤鲷鱼，我就受不了了。"确实真的受不了，不过是另一种意义。

其他客人也不甘示弱，抢着说"我也要，我也要"，点那一盘两圆的盐烤鲷鱼[1]。这样至少可以喝到一瓶酒。不过冷酷无情的老板，又以沙哑的声音说："也有卤猪肉哟。"

"什么？卤猪肉？"老绅士莞尔笑说，"我等很久了。"但其实内心颇为惶恐，因为他的牙齿很糟，咬不动猪肉。

---

1. 当时十公斤白米，约三圆多。盐烤鲷鱼两圆极贵。

“接下来是卤猪肉啊，不错啊，老板果然厉害。”其他客人也输人不输阵，说着显而易见的谄媚之词，争先恐后点那一盘两圆，但不晓得能不能吃的卤猪肉。不过也有阮囊已羞涩的落后者，意气消沉，以小得像六号铅字[1]的声音说：“我不吃卤猪肉。”然后起身结账，“一共多少钱？”

其他客人目送可怜的败北者离去后，带着愚蠢的优越感也兴奋起来，甚至说出这种疯话：

“啊，今天吃得好饱。老板，还有没有什么好吃的？拜托再来一盘。”已经搞不懂究竟是来喝酒，还是来吃东西的。

酒真的是魔物啊。

1. 活板印刷的铅字依大小有分号数，通常为初号到六号，六号是最小的字。

漫谈服装

曾有一段时期，我对服装很讲究。那是我就读弘前高中一年级的时候，我会穿着条纹和服系上角带走在路上，也会穿着这身打扮去女师傅那里学习义太夫[1]。不过，这种狂热也只有短短一年的时间。后来我就愤而把它们全部扔了，并没有什么高深的动机。高一寒假，我来到东京玩，有天晚上，我穿着这种风流雅士的服装，“啪”的一声拨开黑轮店的绳帘，对卖黑轮的小姐说：

“喂，小姐，来一瓶热的。”

1. 义太夫：义太夫节的简称，日本净瑠璃的一种，以三味线伴奏的说唱叙事表演。

“热的”，我还装模作样模仿令人作呕的所谓风流雅士的口吻说。不久，我勉强喝着热酒，以不太流利的口齿，把以前学的粗鲁语汇搬出来大说特说，说到“你在说什么呀”的时候，卖黑轮的小姐忽然以开朗的笑容，天真地说：

“你是东北人吧。”

她或许是想讨我欢心，但我觉得很扫兴。我又不是大笨蛋。那天晚上，我愤而扔掉那些风流雅士的衣服。之后，我努力穿普通衣服。不过，因为我的身高有五尺六寸五分[1]（虽然有时量出五尺七寸以上，但我不相信），所以走在路上也有些引人侧目。大学的时候，我自认穿着普通，但朋友还是给我忠告，说我的橡胶长筒靴太奇怪。穿橡胶长筒靴很方便，不需要穿袜子。无论已套着足袋或光着脚，都不用担心被人识破。我通常光着脚穿。橡胶长筒靴里很暖和。出门时，也不用像一般鞋带靴，蹲在玄关老半天就为了绑鞋带，只要把脚伸进去即可出门。脱的时候也方便，可以双手舒服地插在口袋里，把脚向空中一踢就脱

1. 约 170 厘米。

掉了。无论碰到水洼或泥泞地，都可以满不在乎地昂首阔步。橡胶长筒靴是珍宝。如此方便又好用的东西，为什么不能穿上街？可是一位好心的朋友说这实在太奇怪，劝我不要穿，还说："你连晴朗的日子也穿，看起来只是想标新立异。"

也就是说，他认为我是为了耍酷才穿橡胶长筒靴出门。这真是天大的误解。我在高一就已痛切明白，我要成为风流雅士是不可能的，之后在衣食住方面都偏爱简便廉价的东西。不过因为我的身高、我的脸孔，甚至我的鼻子，确实都比别人大一号，似乎特别惹眼，所以纵使我真的只是随意戴上鸭舌帽，朋友也会好心劝我："哎哟，怎么戴起鸭舌帽，你这又是打哪儿想到的，不太适合你了，很怪异，还是别戴的好。"

害我不知如何是好。什么都比别人大一号的男人，修养也必须比别人大一倍。我自认已躲在人生的角落尽量低调了，但别人却不以为然。我还曾自暴自弃地想过，干脆像林铣十郎[1]阁下那样留个八字胡。不过想到一个只有胡子

1. 林铣十郎（一八七六—一九四三）：日本陆军上将，第三十三任日本内阁总理大臣。

特别了不起的男人，在这个只有六叠、四叠半、三叠的小房子里走来走去，怎么想都很奇怪，不得不打消念头。有一次朋友非常认真地述怀：“要是萧伯纳出生在日本，恐怕无法过作家生活吧。”

我竟也思考起日本现实主义的深度，认真回答：“总之，这是心态问题啊。”

接着又准备陈述两三条意见时，朋友竟笑说：“不对，不对，萧伯纳的身高有七尺吧？七尺的小说家无法在日本生存。”说得泰然自若。

原来如此，我被耍了。但我对朋友这种天真的玩笑，无法由衷笑出来，反倒让我打了冷战，心想要是多高一尺！后果真是不堪设想。

我在高一就已察觉到时尚流行的无常，后来自暴自弃，对于穿衣也不再挑三拣四，手边有什么就凑合着穿，自认外出穿得很普通，却成为朋友批评的对象，因此我心生畏怯，又暗自开始讲究服装。说是讲究，但我每每被迫体认到自己有多粗俗，因此从来没有那种想穿那个或想用这块古代布料定做大褂之类的风雅欲望，只是别人给什么，我就乖乖穿上。此外，不知为何，我极度吝啬花钱买自己的衣服、衬衫或木屐。每当要把钱花在这里，我就痛苦得要命。带着五块钱出门买木屐，却在木屐店前徘徊犹豫，心乱如麻，结果下定决心跑进木屐店隔壁的啤酒屋，把五块钱全部花光。

我一直认为木屐和衣服不该花自己的钱买。其实到三四年前，我故乡的母亲每个季节都还会寄衣服和其他东西给我。我和母亲已十年不见，她可能没想到我已经是堂堂的胡子男，寄来的衣服实在太过花哨。穿上那件宽大碎白花纹单衣[1]，我简直像最下级的相扑力士。或是穿上那件染满桃花充当睡袍用的浴衣，就像巡回公演上不了台，在后台发抖的新派老头子演员。实在丑到不能再丑。不过我还是坚守“别人给什么，我就乖乖穿上”的原则，纵使内心很不甘愿，也会大剌剌地穿着它，盘腿坐在房间的中央抽烟，偶尔朋友来访看到我这副模样，忍不住扑哧失笑，我闷闷不乐地起身，把这些衣服送进出租仓库里。

现在，母亲已不会再寄衣服给我，我理所当然必须靠

1. 单衣：没有内里的单层和服。

自己的稿费买衣服。可是，对于给自己买衣服这件事，我极端吝啬，因此这三四年里，我只买了一件夏天的白絣[1]，和一件久留米絣[2]的单衣。其他全部，包括以前母亲寄来的衣服，全部放在出租仓库里，必要时才去拿出来穿。话虽如此，但现在外出时，从夏天到秋天，我穿的衣服也只是盛夏一件白絣，天气转凉后就交替穿久留米絣的单衣和铭仙的絣单衣。居家时一律穿浴衣加宽袖棉袍。铭仙的絣单衣是我已故岳父的遗物，穿着走路时，下摆清爽舒适。

奇怪的是，每当穿这件和服出门玩，一定会下雨，甚至遇过大洪水。或许是已故的岳父在教训我。一次在南伊豆，一次在富士吉田，我都遇上了大水灾。南伊豆是在七月上旬，我下榻的温泉小旅馆遭冲流吞噬，差点整个被冲走。富士吉田则是八月底的火祭那天。住在当地的朋友邀我去玩，我回说天气还太热，等凉一点再去，结果他又来信说，吉田的火祭一年只有一次，而且吉田已经很凉了，

1. 白絣：白底织上深蓝、黑色或茶色碎花纹的和服。

2. 久留米絣：福冈县久留米市所产的藏青色棉织布，需经三十多道工序织成，与“备后絣”、“伊予絣”并称为“日本三大絣”，太宰治是久留米絣的著名爱好者。

下个月就会转冷，字里行间看得出他很生气，于是我赶紧动身前往吉田。出门时，内人说出这种泼冷水的话：“穿这件衣服，又会遇到洪水。”让我有种不祥的预感。到八王子[1]那里，天气还很晴朗，但在大月改搭前往富士吉田的电车后，开始下起大暴雨。电车挤满要登山或游览的男女乘客，根本动弹不得，人人嘴里不停抱怨着外面的暴雨，说什么“啊，真讨厌，这下伤脑筋了”。穿着已故岳父“雨衣”的我，觉得这场暴雨的罪魁祸首就是我本人，内心充满罪恶感，抬不起头。

到了吉田，雨势愈来愈猛，我和来车站接我的朋友，急忙冲进火车站附近的料亭[2]。朋友说对我过意不去，但我知道这场暴雨肇因于我穿的铭仙和服，反倒觉得对不起他。可是这件事罪孽深重，我不敢说出来，因为火祭也被这场暴雨给搞砸了。据说每年富士山封山这天[3]，为了答

1. 八王子：日本本州关东地方西部城市，位于东京都西部八王子盆地中央。

2. 料亭：在日本通常是价格高昂、地点隐秘的餐厅。起源可以追溯到十七世纪初。当时的幕府大将军要求封建领主住在京城，领主们为了互通声息，常派密使互相接头。这些密使通常会在隐秘的料亭里碰面。料亭后来逐渐成为日本政商界人士聚会的场所。

3. 通常是八月二十六日。

谢木花咲耶公主[1]，家家户户在门口堆起丈余高的木材，然后点火，比赛谁家的火焰烧得最猛。我从未看过这幕景象，心想今年应该看得到，却因这场暴雨泡汤了。我们只能待在这家料亭里喝酒，慢慢等雨停。到了晚上，甚至起风了。女服务生将防雨窗板推开一条缝，喃喃地说：“啊，有朦胧的红光。”

我们随即起身，往外头一看，果然看见南方天空微微泛红。在这场大暴风雨中，不晓得谁煞费苦心，为了答谢木花咲耶公主，至少想尽一点心意而燃起狼烟吧。我寂寥难耐。这场可恨的大暴风雨，也是我这件“雨衣”造成的。倘若我在此刻对这位女服务生坦承，都怪我这个“雨男”在不对的时间傻傻地从东京来到这里，把吉田男女老幼每月每日屈指细数、引颈期盼的火祭搞砸了，我大概会立刻被吉田居民绑在布袋里围殴吧。所以我还是昧着良心，没把自己的罪过告诉朋友和这位女服务生。深夜，雨终于变小后，我们走出料亭，一起下榻在池塘边的大旅馆。翌日清晨，天气倏然转晴，我和朋友道别，想搭巴士

1. 木花咲耶公主：富士山的守护女神。

越过御坂岭去甲府，但巴士过了河口湖约二十分钟开始爬坡时，竟遇到可怕的山崩路段，十五名乘客只好下车，拉起和服下摆夹在背后的腰带上，三三两两开始爬山，一行人决心爬过这座山岭。但走了好长一段时间，迟迟未见甲府来的巴士接应，只好放弃前进又折了回去，徒劳地又搭上原本的巴士回到吉田町。这一切也是我的“魔鬼铭仙”害的。下次若听到哪里在闹干旱，我一定要穿这件和服去那里走啊走地到处乱逛，说不定会下起滂沱大雨。如此一来无力的我，也许能在意想不到的地方有所贡献。我的单衣，除了这件“雨衣”，还有一件久留米絣。这是我第一次用稿费买的和服，因此我非常珍惜，只有参加非常重要的场合，我才会穿上它。我自认这件衣服是一流的盛装，但别人却不以为然。我穿这件衣服出门时，谈事情也不太顺利，大抵都遭到轻蔑。或许看在别人眼里，只是一件普通衣服。我在回家路上一定会不甘地臭骂“可恶”，不知为何也一定会想起葛西善藏[1]，更加深了绝不放弃这件衣服

1. 葛西善藏（一八八七—一九二八）：日本小说家，与太宰治同是青森县人，小说多描写贫困与家庭生活的重担。另外，因其抛弃妻子与别的女性同居，当时世间充满了对他的批判，他的作品中也暗含着对世俗批判的反驳。

的执着。

从单衣转到袷衣的过程里，有段时间比较麻烦。九月底到十月初，大约十天，我总忧愁到无以复加。我有两件袷衣，一件是久留米絣，另一件是什么绢绸的。两件都是以前母亲寄给我的，花色都细致素雅，所以我没有拿去寄放在街上的出租仓库里。我的个性无法只穿绢绸和服，不穿男性裙裤，踩着绒布草履，拄着手杖走路，因此对这件绢绸和服也敬而远之。这一两年，只有陪朋友去相亲，还有过年去内人的甲府娘家，穿过两次。我当然没有穿绒布草履和拄手杖。我穿了裙裤和一双用整块木头刻的新木屐。我讨厌绒布草履，并非在炫耀自己粗犷。绒布草履乍看很优雅，而且穿去剧院、图书馆或其他大楼时，无须像木屐必须脱下交给保管鞋子的人。其实我也曾穿过一次，可是脚底踩在滑溜溜的草席鞋面上，总令我焦躁不安，疲累程度是木屐的五倍。我穿一次便敬谢不敏。

此外手杖也是，拄着手杖走路看起来像绅士学者，感觉似乎也不差，但我身高比一般人高了点，不管什么手杖对我来说都太短，硬要抵着地面走路，我必须弯腰才行。

这样弯腰拄杖走路，看起来很像要去扫墓的老太婆吧。五六年前，我发现细长的登山杖，于是拄杖走在路上，果然又遭人愤然抨击品味低俗，我只好慌忙收起。但我不是为了品味才拿登山杖，实在是一般手杖太短，无法好好拄着走路，马上会心烦气躁。坚固耐用又细长的登山杖，对我的身体是必要的。人家也告诉我手杖不是拄着走路，而是拿着走路，可是我最讨厌拿着东西走路。外出旅行时，为了尽量双手空空搭火车，也下了很多功夫。不只是旅行，走在人生的旅途上，拎着太多行李，无疑是阴郁的源头。行李愈少愈好。出生三十二年来，渐渐开始背负重担的我，何必连散步都拿着麻烦的包袱呢。我外出时，即使不好看，也会尽量把东西塞进怀里，但手杖就塞不进去了，只能扛在肩上，或吊在一只手上拿着走。真的麻烦透顶。而且路上的狗可能会怀疑这是武器，对我狂吠不已，真是一点好处也没有。

总之，穿绢绸和服不穿裙裤，穿绒布草履，拄手杖，外加白足袋，这种装束我实在接受不了。或许是生性寒酸吧。附带一提，离开学校七八年来，我从没穿过西装。我不是讨厌西装，不，岂止不讨厌，甚至很向往这种服装，觉得它便利轻快。但我没有半件西装，所以也没得穿。故乡的母亲也不会寄西装来。况且我的身高有五尺六寸五分，现成的西装穿不下，定做的话，必须连同鞋子、衬衫及其他配件一起买，起码要花一百圆以上。我对衣食住很吝啬，叫我花一百多圆去买整套西装，干脆叫我从断崖投身怒涛吧。

有一次，要出席 N 氏的新书发布会，我除了身上穿的宽袖棉袍，没有一件像样的和服，因此向友人 Y 君借了西装、衬衫、领带、鞋子、袜子等全部穿上，卑屈地笑着出席。结果那时也是恶评如潮，说什么：“你居然穿西装，真罕见哪。可是不搭，你穿不好看！”或是：“怎么又来了！”对我冷嘲热讽。连借我西装的 Y 君都在会场角落向我低声抱怨：“都是你害的，连我的西装都遭到恶评。以后我也不敢穿这身西装出门了。”

只穿一次西装便落得如此下场，使我更不想花一百圆去定做西装，下次再穿西装又会是什么时候呢？想必遥遥无期吧。暂时只能穿现有的和服，别无他法。前面也提过，我有两件袷衣，我不太喜欢绢绸的那件，最喜欢的还是久留米绊那件。我穿粗俗的书生风和服最自在。我祈愿一生都能穿书生风和服。每逢参加聚会前夕，我都会把这件和服折好放在垫被下睡觉。就像入学考试的前一晚，感到些许兴奋。对我而言，这件和服就像杀敌的盛装。每到了可以穿这件和服大摇大摆外出的深秋，我就松了一大口气。因为从单衣转到袷衣的过渡期，我没有适当的衣服可以穿出门。

过渡期最让我这个无力者不知所措。每当到了夏秋之交的过渡期，我都深感困惑。穿袷衣还太早，我又很想快点穿那件久留米绊的袷衣，但这样白天会热到受不了。坚持穿单衣的话，又显得太贫寒。反正我本来就贫寒，或许很适合驮着背、打着哆嗦走在晚秋萧瑟的寒风中。但如此一来，人们可能又会骂我，说我故意示穷、假装乞丐吓人、闹别扭之类的。毕竟像寒山、拾得[1]那样，以过于怪异的装束混淆别人的心神，借以压制别人也不是好事，因此我尽量想穿得普通点。

1. 寒山与拾得两位隐僧，为中国唐朝著名诗僧，举止怪诞。

简单地说，我没有毛料和服。我很想要一件好的毛料和服。其实我有过一件，那是我念高中爱漂亮时偷偷买的，一件淡红色条纹纵横交错的毛料和服。但我追求时髦的梦醒之后，觉得这实在不是男人穿的衣服，明显是女装。那段时期，我一定是昏了头，才会把这种毫无意义也谈不上花哨，几乎是四不像的衣服穿在身上，扭扭捏捏地走在路上。如今回想起来，我只能掩面呻吟，根本不敢再穿，连看都讨厌。我把这件毛料和服，永久寄放在那个仓库里。但去年秋天，我整理了一下那个仓库里的衣服、毛毯、书籍，准备把不要的东西卖掉，要用的带回家。回家后，我在内人面前，打开大包袱巾时，连我自己都心惊胆跳，霎时面红耳赤。因为我婚前的荒唐懒散，此刻如实地呈现在眼前。脏兮兮的浴衣，就这样脏兮兮地塞进仓库里；屁股破洞的宽袖棉袍，也揉成一团塞进仓库里。没有一件像样的东西，净是又脏又臭又发霉，而且图样怪异花哨的东西，怎么看都不像是正常人的衣物。我边解开包袱巾，边自嘲地说："我是颓废派的哟。卖给收破烂的算了。"

“太可惜了。”内人不嫌脏地一件件检视，“这件是纯毛的。改一改拿来穿吧。”

我定睛一看，正是那件毛料和服。我狼狈地想冲出家门。我记得这件毛料和服明明放在仓库，怎么会在包袱巾里？至今我仍不明所以。可能是哪里弄错了吧。失败。

“这是我很年轻的时候穿的。很花哨吧。”我压抑内心的惊慌，以若无其事的语气说，“这还能穿啊。你没有半件毛料和服，这件刚刚好。”

这哪能穿啊。在仓库里放了十年，颜色也变成很奇怪的羊羹色。淡红色纵横交错的条纹，变成脏兮兮的青柿色，活像老太婆的衣服。如今我更受不了这件诡异的衣服，偏过头去。

今年秋天，我有一份稿子一定要在这天写完。一早就从床上跳起来，赫然发现枕边放着一件折得很整齐，没见过的衣服。原来是那件毛料和服。季节即将进入秋冷。这件毛料和服经过清洗，重新缝制，变得有些漂亮，可惜布料本身的羊羹色与条纹的青柿色依然不见改善。不过这天早上我必须工作，没空去烦恼衣服的事，二话不说就穿上，早饭也没吃就开始写稿。过了中午终于写完，松了口气之际，有位久违的朋友突然来访。来得正是时候。我和这位朋友一起吃午饭，闲话家常，然后出去散步。到了我家附近的井之头公园森林时，我终于意识到自己惨不忍睹的模样。

“啊，糟糕。”我不由得低吟，随即停下脚步，“这实在很糟糕。”

“怎么了？是不是要拉肚子……”朋友担忧地蹙起眉头，盯着我看。

“不，不是拉肚子。”我苦笑，“这件衣服很奇怪吧？”

“是有点怪，”朋友认真地说，“有点太花哨了。”

“这是我十年前买的。”我又举步开始走，“很像女装，而且颜色也变了，所以更奇怪……”我颓丧得连散步的心情都没了。

“不要紧，没有那么醒目。”

“是吗？”我稍微恢复精神，穿越森林，步下石阶，走在水池边。但我还是难以释怀。我已是三十二岁、满脸腮胡的大男人，自认多少也经历了一点沧桑，却穿着这种低级趣味，犹如恶搞般的衣服，踩着磨损的木屐，无所事事地在公园游荡。认识我的人，可能会更加轻蔑我，说那家伙还是一样惹人厌，明明劝他别穿了。长年来，我一直被误解为怪人。

“怎么样？要不要去新宿那边走走？”

“别开玩笑了。”我摇摇头，“穿这副德行走在新宿街头，万一被熟人看到，我的风评只会愈来愈差吧。”

“不会。”

“不，我不要去。”我顽固拒绝，“我们去那边的茶店休息吧。”

“可是我想喝酒哩。好，去市中心。”

“那里的茶店也有啤酒。”我就是不想去市中心。衣服也是原因，再加上今天写完的小说不甚理想，心中焦虑不安。

“别去茶店，太冷了我受不了。我想找个安静的地方喝酒。”我听说他最近也发生很多不愉快的事。

“那去阿佐谷如何？新宿我实在没兴趣。”

“那里有好的酒馆吗？”

其实也不是多好的酒馆，只是之前我常去那里，即便我穿得怪里怪气，人们也不会以异样的眼光看我，就算带的钱不够，也可以赊账下次再付，还有那里没有女服务生，纯粹卖酒，也无须在乎穿着打扮。

傍晚，我们在阿佐谷车站下车，一起走在阿佐谷街上，我难受得不得了。我这寒山、拾得的模样，映在商店的玻璃橱窗上。我的衣服看起来很红，令我想起穿着大红袍做八十八岁大寿的老翁模样。在这个艰难的世上，无法积极地帮上任何忙，在文坛也闯不出任何名号，十年如一日，穿着磨损的木屐，徘徊在阿佐谷街头。偏偏今天又穿了红色衣服。我也许永远是个失败者。

“不管到几岁，大概都一样吧。虽然我已经自认很努力了。”走着走着，我不禁发起牢骚，“文学就是这么回事吗？看来我是不行啊，穿成这副德行在外头走路。”

“服装还是要端正一点才行。”朋友安慰我，“在公司里，我也吃了不少这方面的亏呢。”

他在深川的一家公司上班，也是不会把钱花在服装上的人。

“不，不只是服装，而是更为根本的精神。因为一路受了不好的教育。不过，魏尔伦[1]还是很棒啊。”魏尔伦和红色衣服究竟有何关联？连我自己都深感唐突，非常难为情。通常我自感零落，意识到自己是失败者时，一定会想起魏尔伦哭丧的脸，因此得到救赎。会想要活下去。他的软弱，反而给我活下去的希望。我深信若非来自懦弱的极致内省，无法发出真正庄严的光明。总之，我想试着继续活下去，亦即，本着最高的自尊与最低的生活，试着活下去。

“搬出魏尔伦很夸张吧？毕竟穿了这件衣服，说什么都无法得到慰藉呀。”我觉得很难受。

“不会。”朋友只是轻轻笑说。街灯亮起。这晚，我在酒馆犯了大错。我打了这位好朋友。罪过，要算在这件衣服头上。这阵子我很努力地修养心性，凡事尽量忍耐赔笑，所以都没有动过粗，但这晚我动手打人了。我相信，这一切都是红色衣服的错。衣服对人心的影响很是恐怖。这晚，我以非常卑屈的心情在喝酒，郁郁寡欢，闷闷不乐。连对酒馆老板也卑屈客套，坐在角落的阴暗处喝酒。但我这个

1. 保尔·魏尔伦（Paul Verlaine，一八四四——一八九六）：法国象征派诗人。

朋友，今晚不晓得吃错什么药，情绪特别高昂，把古今东西的艺术家臭骂一顿，骂得太激动，竟然还去挑衅老板。我知道这位老板有多可怕。有一次，一位先前没见过的年轻人，也像我这个朋友一样发酒疯，向别的客人挑衅，此时老板忽然变了一个人，摆出严肃的表情下逐客令：

“你知道现在几点了吗？请你出去。不要再来了。”

我认为这个老板是个可怕的人。而我的朋友，现在正在发酒疯挑衅老板，我看得心惊胆跳，生怕我们两个也会尝到被赶出去的耻辱。要是平常的我，才不会在意这种被赶的耻辱，一定会加油添醋地和朋友一起叫嚣，但这晚我被自己诡异的衣服搞得很懦弱，因此很在乎老板的脸色。我小声劝阻朋友：“喂，别这样，别这样。”但他的舌锋却愈来愈尖锐，整个情势已来到被下逐客令的前一步。此时我急中生智，想起弁庆为了救主君源义经，施展苦肉计鞭打义经的故事。于是我下定决心，以尽可能不会痛的程度，尽可能很大声地“啪！啪！”甩了朋友两巴掌。

“喂，你振作点！你平常不是这样的啊。今晚是怎么了？振作点啊你！”我故意说得很大声，让老板也能听到，这样应该不会被赶出去了。正当我松了一口气之际，义经却站起来呛弁庆，大声嚷嚷：

“你竟敢打我！我不会放过你！”

戏应该不是这样演的。体弱的弁庆狼狈起身，连忙左闪右闪之际，可怕的事情终于发生了。老板立刻来到我这边，对我下逐客令：

“请你出去。这样会妨碍到其他客人。”

仔细想想，刚才动粗的人确实是我。弁庆的苦肉计，别人不懂也是理所当然。客观来说，动粗的罪魁祸首确实是我。于是老板把我赶了出去，留下发酒疯大声嚷嚷的朋友。我又气又恨，懊恼得无以复加。都是服装害的。要是我穿件像样一点的服装，老板多少会肯定我的人格，我就不用遭受被赶出店外的耻辱。穿着红衣服的弁庆，驼着背，在深夜阿佐谷的街上踽踽独行。我现在很想要一件好的毛料和服，想要可以泰然自若地走在路上的衣服。不过，对于买衣服极端吝啬的我，今后可能也会为衣服吃很多苦吧。

猫头鹰通信

我平安完成了一项大任务。你不知道我完成了什么大任务吧？毕竟我只在明信片写了一句：“我接下来要去旅行。”甚至都没告诉你要去哪里。因为我很害羞，也生怕你知道了会像以往那样担心，给我什么忠告，开始教训我，所以我故意不说目的地就出发去旅行。日前，我那篇甜蜜的短篇小说在电台播出时，我祈祷不要让任何人注意到。尤其是被你听到的话，我真的要找个地洞钻进去。因为那真是很甜蜜的小说。我平常小气吝啬，但花起钱来却又挥霍无度，所以始终存不了钱。总是为了省一圆钱反而花了一百圆。况且我忍受贫穷的能力很弱，做不来的工作也会硬接下来。因为我想要钱。像我这种乡下人，根本无法写电台播放用的小说，明知如此我还是接了下来。这是乡下人憧憬绚丽事物的可悲弱点吧。我不希望让你听到日前的广播，见了你也只字不提这件事，尽量隐瞒，可是运气不好，你竟然碰巧在上野的牛奶店[1]听到这个广播，隔天写了一篇相当直截了当的感想文给我，看得我面红耳赤，哑口无言。关于这次的旅行，我也不想让人知道，打算永远保密，但生性胆小的我实在无法隐瞒到底，反倒把这次旅行的丢人事件全盘说给你听。我想这样比较好，说出来心里也会舒爽许多。即使能瞒得过一时，总有一天一定会被拆穿。广播的事也是如此。所以我决定以坦然磊落的态度来面对。我正下榻在新潟的旅馆。这家旅馆似乎一流，我的房间也是旅馆里最好的。我被当作“东京名士”款待。今天下午一点，我在新潟的高中做了一场两小时的演讲。我说的“大任务”就是这件事。而我也完成这项大任

1. 大正、明治时期，日本政府为了改善国民体质倡导民众喝牛奶。主要以提供牛奶为主的饮食店，后来发展成标榜怀旧气氛的轻食店或咖啡厅。

务，此刻回到旅馆，正在提笔向你忠实报告。

我于今晨抵达新潟，两个学生来车站接我，好像是学艺社的委员。我们从车站走到旅馆，大概有几百米吧。你也知道，我很不擅长测量距离，无法正确告诉你有多远，总之大约走了二十分钟。新潟的市街干燥多尘，丢弃在路上的报纸随风翻飞，犹如模型军舰快速奔驰在宽广的道路上。道路宽得有如河川，因为没有电车的车轨，看起来更白、更宽阔。我也走过万代桥[1]，看到信浓川的河口，没有什么特别的感慨。这里比东京冷了点，我很后悔没带披风来，只穿了久留米絣的裙裤来，也没戴帽子，手提包里只放了毛围巾和一件厚衬衫。抵达旅馆，我立即就寝，但不知为何就是睡不着。

快到中午时，我起床吃饭。生鲑鱼很好吃，好像是在信浓川捕的。味噌汤的豆腐又软又嫩，美味极了，于是我问女服务生："新潟的豆腐很出名吗？"她回答："不知道啊，没听过这种事，是！"这个"是"的说法很特别，感觉像片假名，有些生硬。将近下午一点时，学生们驱车来

1. 万代桥：新潟信浓川上的名桥，被指定为日本重要文化遗产。

接我。听说学校盖在海边的沙丘上。我在车里问：

“上课也听得到海浪声吧。”

“听不到。”学生们面面相觑，不禁失笑。或许是在笑我这个老派的浪漫主义者吧。

到了学校正门口下车，放眼望去，校舍是青柿色的木造低矮建筑，犹如躲在沙丘阴影处的兵舍。我发现三四个女人的笑脸，在玄关旁的窗户偷看我们，可能是办事员吧。早知道我就应穿着体面前来。步上玄关时，我也对自己粗劣的木屐感到难为情。

来到校长室后，我只顾着四处张望。带领我的学生告诉我，以前芥川龙之介也曾来这所学校演讲，那时他对讲堂的雕刻赞不绝口。我想我也得赞美个什么，于是四下张望，但找不到想赞美的东西。

不久后和前来的班导师打过招呼，便前往会场。会场里除了学生，也来了一般市民。有五六个女人坐在角落处，我一进去，她们就拍起手来。我报以微笑。

“我这次来没有特别准备，在旅馆躺着想了又想，还是想不出具体内容。我料到可能会有这种情形，所以从东京带来两本我的作品集。看来也只好读这两本作品集了。我在读的时候或许会想到什么，想到的话，我再和大家分享。”

我读了初期作品《回忆》的第一章，然后稍微谈了一下私小说，也谈到告白的限度。我拼命压抑满腔的难为情，结结巴巴地说着闪过脑海的只字片言，也说了一些暴露自己底细的爱情故事。但说了一会儿之后，我愈来愈不想说，因此常常中断。我喝了四五杯水，拿出另一本作品集，是近作《跑吧，梅勒斯》，大声朗读。读着读着又有想说的事，于是喝了水，这次谈的是友情。

“青春，是友情的纠葛。想努力证明友情的纯真，往往弄得彼此痛苦不堪，最后落入半疯狂的纯真游戏。”我如此说道，然后谈到朴直的信赖，并告诉学生们一首席勒[1]的诗，向他们说不要放弃理想。说到这里，我已经竭尽心力，演讲也到此结束。前后花了一个半小时。接下来应该会有座谈会，但委员向我建议：

---

1. 弗里德里希·席勒（Friedrich Schiller，一七五九—一八〇五）：德国十八世纪著名诗人、哲学家、历史学家和剧作家。

“您好像很累了，休息一下吧。”

但我说：“不，我不要紧。反倒累的是你们吧。”

引来哄堂大笑。我已疲累不堪，但依然硬撑下去。这一点和你一样。

于是大家坐着休息十分钟后，我将座位移到学生当中，等候大家发问。

“刚才您提到书写幼年时代的事，要变成小孩的心来写，这很难吧。所以身为作家还是会以成人的心思铺陈吗？”这个问题问得真好。

“不，关于这件事，我倒是很放心。因为我到现在还是小孩。”大家都笑了。我并非有意逗大家笑，只是认真说出我的悲叹。

由于发问并不踊跃，迫于无奈，我只好像独白般说了很多话。譬如人们为何非得说“谢谢”、“对不起”之类的客套话。觉得该说的时候，人们认为一定要说，不说就无法互相理解，这是很扫兴的事实。卑屈并不可耻。一般称为“被害妄想”的心理状态，也未必是精神病。自制、谦让是一种美，但一脸满不在乎的国王也很美。哪个比较接近神？这我就不知道了。

我想到什么就说什么，说了很多，也谈到罪恶感。不久，委员起身说："那么，座谈会到此结束。"这时，一种宛如在说"搞什么嘛"似的无奈又安心的笑声，在观众席蔓延开来。

我的任务就这样完成了。不，晚点还得和自愿陪同的学生，一起去街上的"意大利轩"西餐厅吃晚餐，之后才能真正自由。演讲结束后，我在掌声中离开会场，来到微暗的校长室，和班导师聊了一下，收到一个用红白花纸绳系得漂漂亮亮的纸袋。走出校门时，看到五六个学生呆呆地站着门边。

"我们去看海吧。"我主动开口，径自走向海边。学生们默默地跟上来。

日本海。你看过日本海吗？黑色的水，结实的浪。佐渡岛，犹如卧牛[1]般悠哉地横躺在水平线上。天空低霾。那是无风静谧的黄昏，但天际飘着朵朵乌云，一片阴郁景象。此时我也颇能体会芭蕉吟唱"荒海啊，天河横佐渡"

1. 卧牛：百合科沙鱼掌属的多肉植物，叶片形似有白色突起的牛舌。

的伤心。但这位老爹是很狡猾的人，说不定是在旅馆轻松惬意地做了这首诗，不能轻易相信。夕阳逐渐西沉。

“你们看过旭日吧。旭日果然也有这么大吧。我还没看过旭日呢。”

“我爬富士山的时候，看过旭日上升的景象。”一位学生回答。

“那时怎么样？也有这么大吗？像这样宛如血在沸腾颤动吗？”

“没有，好像有点不一样。没有这么悲怆。”

“这样啊，果然不一样啊。旭日果然是伟大的，而且是新鲜的。落日就有点腥味，一种疲倦了的鱼的腥味。”

沙丘慢慢暗了下来，远处可见点点的散步人影。但看起来不像人的身影，比较像鸟。据说这片砂丘逐年遭海水侵蚀，已经往后退了许多。这是灭亡的风景。

“这个好，会是我难忘的回忆之一。”我装模作样地说。

我们告别海边，走向新潟市区。不知不觉中，我后面已经跟了十多个学生。新潟市区有一种新开发地的感觉，但到处可见老旧废屋，连拆都嫌麻烦地被搁在那里。看到这幕景象，会让人有种不可思议的文化感，意识到这是明治初期繁荣一时的港口，连我这种迟钝的旅行者都看得出来。进入巷子后，路中央有宽约十米的河流。大部分的巷子里，都有这种河流。水流缓慢，慢到让人看不出流向。很像大沟渠。水很浊，看起来很不干净。两岸一定有成排的柳树。柳木很大，比银座的柳树更像真正的柳树。

“俗话说，水至清则无鱼。”我又开始说无聊话，“不过水这么脏，鱼也待不住吧。”

“有泥鳅吧。”一位学生答道。

“泥鳅？怎么，这是笑话吗？”他是想说柳树下的泥鳅[1]这种俏皮话吧，但我不喜欢这种无聊笑话，而且年轻学生开这种无聊玩笑而扬扬得意的心态，我也觉得很窝囊。

我们到了“意大利轩”。这家餐厅很有名。你或许也听过这家餐厅，据说是明治初期一位意大利人开的。二楼的大厅，挂着这位意大利人穿着绣有家徽和服的巨幅照

1. 柳树下的泥鳅：是日本谚语，意指偶尔在柳树下抓到一只泥鳅，不一定会有下一次。比喻不能因一次幸运就如法炮制。

片，看起来很像葡萄牙海军士官莫拉艾斯[1]。据说他以外国马戏团的团员身份来到日本，被马戏团抛弃，后来发愤图强在新潟开了餐厅，而且相当成功。

我和十五六个学生，以及两位老师共进晚餐。学生们说话也愈来愈放肆。

“我原本以为太宰先生是更离谱的人，想不到还挺正常的嘛。”

“生活上，我尽量过得合乎常理。因为苍白忧郁，反而显得俗气。”

“您不觉得摆出作家的样子生活是一件坏事吗？我想也有人渴望当作家，但却忍耐去做别的工作。”

“这刚好相反。应该说做什么都做不来，所以才成为作家。”

“那么我有希望喽，因为我做什么都不行。”

“你至今没有失败过吧？究竟行不行，要自己实际做做看，跌倒了受伤了才能说这句话。什么都没做就说自己

1. 莫拉艾斯（Wenceslau José de Sousa de Moraes，一八五四——一九二九）：葡萄牙第一位驻日本大使，在日本娶妻，并终老于此。

不行，这只是怠惰。”

吃完晚餐后，我和学生们道别：

“上了大学后，遇到什么困难，欢迎各位来找我谈。作家或许一无是处，但这种时候，说不定能派上一些用场。好好用功念书。临别之际，我能说的只有这个。各位，好好用功念书吧。”

和学生们告别后，我想喝点酒，走进一栋房子。那里的女人看到我的装扮，不经意地说：

“你是剑道老师吧？”

剑道老师一脸正经，现在回到了旅馆，脱掉裙裤，立刻坐在桌前，写这封信。外头开始下雨了。若明天是好天气，我打算去佐渡岛看看。我之前就想去佐渡看看。这次我接受新潟高中的邀请来到这里，其实是企图顺便去佐渡看看。演讲不太能成为一种修行，剑道老师当一天也就够了。

猫头鹰，在秋日黄昏，独自笑了。我想这是其角[1]的俳句。

写于十一月十六日深夜

1. 宝井其角（一六六一——一七〇七）：江户前期的俳句诗人。

新郎

日子只能一天一天好好地过，别无他法。别烦恼明天的事。明天的烦恼明天再烦。我想开心、努力、温柔待人地过完今天一天。蓝天最近也湛蓝美丽，美得令人想去泛舟。山茶花的花瓣有如樱蛤[1]，飘落时会发出声音。今年第一次看到如此动人的花朵，很是惊艳。一切都令人眷恋。只是抽根烟就感动得想哭，于是心存感激慢慢地抽。当然我没有真的哭，只到不禁会心一笑的程度。

我对家人也明显地愈来愈好。以前小孩在隔壁房间

1. 樱蛤：一种樱粉色的贝类。

哭，我都装作没听到，最近会起身去隔壁房间，笨拙地抱起小孩，摇啊摇地哄他。为了不忘记小孩的睡脸，我甚至会在半夜偷偷凝视他。这是最后一面？怎么可能，但的确是类似的心情。我相信这孩子一定会健康长大。不知为何，我总如此觉得。我心无挂碍。即便外出，也会尽早回来，在家吃晚饭。餐桌上没什么菜，但我却很享受。没什么菜，却很享受，而且刻骨铭心。内人一脸愧疚地道歉，说对不起。我却拼命夸赞她做的菜，说很好吃。内人笑得很无奈。

“佃煮[1]不错啊。这是虾子的佃煮吧？你居然买得到。”

“都已经干扁了。”内人没自信。

“就算干扁了，虾子还是虾子。我最喜欢吃虾子。虾子的胡须有钙质。”我在瞎扯。

餐桌上有佃煮、腌白菜、卤乌贼……仅此而已。而我一味地夸赞。

“这个腌菜真好吃，腌得刚刚好。我从小最喜欢吃腌

---

1. 佃煮：以酱油和砂糖熬煮，成为可长期保存的食物。食材通常是小鱼、贝类、昆布等海藻类。

白菜。只要有腌白菜，我不会想吃别的菜。那种清脆的口感，真是让人欲罢不能啊。”

“最近也没卖盐巴的了，”内人还是很没自信，一脸愁苦，“想做腌菜，却不能尽情地用盐。要是多放点盐巴会更好吃。”

“不，这样刚刚好。我不喜欢吃太咸。”我说得很坚定。夸赞难吃的东西，觉得很爽快。不过偶尔也会失败。

“今晚吃什么？这样啊，什么都没有啊。这样的夜晚也有一种乐趣。来下点功夫吧。对了，来做海苔茶泡饭吧，感觉挺风雅的。把海苔拿出来。”我想海苔是最简单的东西，所以这么说，但却搞砸了。

“没有啊。”内人一脸尴尬，“最近没有一家店有卖海苔。真是怪了。虽然我不太会买菜，不过最近鱼啊肉的，什么都买不到。我还曾提着空菜篮，站在菜市场哭呢。”她显得非常沮丧。

我为自己少根筋感到可耻。我不知道家里没有海苔，于是怯怯地问：

“有腌梅吗？”

“有。”两人都松了一口气。

“忍耐点，这没什么。只要有米和菜，人就能活下去。日本接下来会变好，愈来愈好。现在我们只要好好忍耐，日本一定会成功。我相信。我相信报上那些大臣说的话，完全相信。他们很努力在拼不是吗？据说现在是最重要的时期。忍耐点。”我嚼着腌梅，一本正经说着众所皆知的话给她听，不知为何，心里感到很痛快。

有个晚上，我在外面吃晚饭，满桌山珍海味令我十分震惊，感到不可思议。我忍着羞耻，悄悄把女服务生叫来，请她帮我包一块牛排。女服务生相当困惑地说：“这在这里吃没关系，可带回去是违法的。”但我还是把温热的牛排带回去了。这种乐趣，我也是到了今年才知道。过去，我是不会带礼物回家的，从来没有。因为我认为这是不洁、窝囊的事。

“我向女服务生磕了三次头，费了一番苦心才带回来的。很久没吃了吧。是牛肉。”

“我总觉得在吃药似的，”内人吃得心惊胆战，“引不起任何食欲。”

“哎，你就吃嘛。很好吃吧？大家也都快吃。我已经吃很多了。”

“看你的脸就知道了。”内人小声说出这句令人意外的话，“我并没有那么想吃，以后别再向女服务生磕头了。”

听她这么一说，我有点不好意思，不过放心的成分居多。顿时我感到非常放心。不要紧。我决定不再忧愁家里的食物。说什么“这可是牛肉”也太没水平了。不仅是食物，关于家人的未来，我就完全放心吧。小孩一定也能健康长大。我觉得很感恩。

很多大学生会来我三鹰的家玩，里面有聪明的，也有脑筋不太好的，不过都一样是正义派。至今没有一个学生向我借过钱，反倒有学生表示愿意借钱给我。他们完全没有算计，来我家只是想和我聊天。我也从未拒绝过和这些年少朋友见面。无论我工作再忙，他们一旦来访，我都会说“进来吧”。但我也不能否认，过去的“进来吧”，有些是消极的。也就是说，因为我生性软弱，确实也曾无奈笑说：“进来吧。我的工作无所谓。”

我的工作没有伟大到必须断然拒绝、赶走访客。我不知道访客的苦恼和我的苦恼相比，谁比较深。说不定我的还算轻松呢。我怕被人耻笑："这是干吗？居然沉迷于只是好玩的基督游戏，净说些俗不可耐、假装有深度的鸟话，其实你只是装模作样的利己主义者吧。"因此不管工作多么急迫，我都有起身迎接学生的倾向。但那不是诚意十足的欢迎，而是卑劣的自我防卫。没有任何责任感。只要不惹学生生气就好。我听着学生说话，脑子里在想别的事。不碍事地简短应和他们，不置可否地笑一笑。我一直在算计我的立场。学生或许认为，我是个害羞腼腆的好好先生。不过，最近我变得善良起来，想说的话也会严正坦白地说出来。这和一般的善良不同。我的善良是，毫不斟酌地让学生看到我的全貌。

现在，我有了责任感。来我这里的人，一个也不能让他堕落。将来我站上最后的审判台时，若我敢断言的只有："可是，我没有让任何一个和我相处过的人堕落。"不知道会有多高兴。最近我豁出去对学生说忠言逆耳的话，也会怒骂学生。这是我的善良。这时我想的是，即使被这个学生杀了也无所谓。杀我的学生是永远的蠢蛋。

我也曾在玄关的纸门贴纸条。

对不起，实在很抱歉。若有事，请限谈三十分钟。这个月我有些重要的工作。

请见谅。

太宰治

因为我认为，若以随便敷衍的好心见他们，是一件坏事。我也想开始好好重视自己的工作，为了自己，为了学生们。一天的生活很重要。

后来学生慢慢不来我家了。我觉得这样比较好。学生离开了我，也认真地在努力吧。

每一天的时间都很宝贵。我想尽可能充实地过每一天。不仅是学生，我开始尽量正直地与世上每个人相处。

我收到一张往返明信片，上面如此写着：

《女人的决斗》《越级申诉》，结果老师的作品，我只能消化成奇怪的小说。我想从老师那里得到启示。请你说明一件事，简单扼要地。

达达主义究竟是什么意思？拜托你。

乡下国民小学训导主任 敬上

我如此回信：

敬覆者：

尊函奉悉。有事相询之际，语气请稍微客气点。一个从事小学教育的人，这样是不行的。

我认真答复您的问题。至今，我从未自称达达主义者。我认为我是个笨拙的作家，为了让人明白我的想法，尝试了各种文体，但我不认为成功。只是笨拙地努力。我不是在开玩笑。书不尽言。

我是抱着这位国小老师读信后，会跑来我家臭骂我的觉悟写的。但过了四五天，我收到这封长信。

十一月二十八日。

昨夜我疲累过度，今晨听到七点的闹钟响也迟迟不起。

望着用来当示范教材的竹子水墨画，茫然地想着入伍（×月×日）、文学、花篮等事。××县的地图与这幅墨竹，萧瑟地贴在值班室的白墙上，宛如在对我暗示什么。每当出现这种情绪，我一定会搞砸事情。我忽然想起住在师范学校宿舍时，因为点火烧柴被骂。我想着过去的失败，臭着一张脸穿上拖鞋，去后门外的井水边。我觉得浑身倦懒，头重脚轻，我用手心拍拍后颈，屋外下着倾盆大雨，我戴着斗笠去浴室拿脸盆。

“老师早。”

学校附近部落的两个小孩，在井边洗脚。

第二堂课结束后，我在教职员办公室喝热水，忽然往窗外一看，滂沱大雨中，一位穿着黑雨衣的邮差费力踩着脚踏车，摇摇晃晃地骑过来。我见状立刻出去收信。我收到的是意想不到的人的回信。老师，那时，虽然是很普通的话，我……

（中略）

真的很感谢您。我常常因为自己莫名的不逊态度感到后悔。也因为这个毛病，我给人的第一印象总是很差。我明知不可这样，却总是一个不留神便再度犯错。

我也把明信片拿给校长看。校长说："这件事，你真的该好好检讨。"我也如此认为。

（中略）

我请求老师。

我请求老师相信我深感惭愧。我不是坏人。

（中略）

就此搁笔，我想用这所学校唯一的小风琴，唱一首《别让那把火熄灭》。

敬启

有些地方我擅自省略了，但以上是那位国小训导主任写给我的信。我很高兴，也写了一封答谢信给他。信中我附带了一句："无论入伍与否，请努力尽每一天的义务。"

我最近真的认为，要把一天的义务，当作一辈子的义务，严肃地努力实践，不可以敷衍了事。对于喜欢的人，也要尽早不加粉饰地告诉对方。肮脏的算计就别做了。无悔地坦率行动。剩下的，只能交给天意。

日前，我收到婶婶写来的长信，我也回了一封信给她。这封信全文发表在某报的文艺栏上。

婶婶，今早收到您的长信。感谢您关心我的健康状况，以及未来的生活。不过，最近我对未来生活，完全不做计划了。这并非虚无，也不是放弃。若对未来做出奇怪的展望，该往右还是该往左，放在天平上慎重调查，反而会遭致悲惨的挫败吧。

那个人也说，不要为明天忧虑。早上醒来，充分地好好活这一天，最近我只留心这件事。现在我不说谎了，读书也逐渐不是为了虚荣与算计。以前老爱仰赖明天、敷衍当下，现在也不会了。只是一天一天，非常珍惜地过日子。

这绝非虚无。对现在的我而言，一天一天的努力，就是整个生涯的努力。我想战地的人，可能也是同样的心情。婶婶也请别再囤积物品。因为怀疑而失败，是最丑陋的生存方式。我们相信，匹夫不可夺其志。请别报以苦笑。唯有天真无邪相信的人，才能获得平静。我不会放弃文学。我相信会成功。请您放心。

最近，我早上一定刮胡子。牙齿也刷得很干净。脚指甲和手指甲也修剪得很整齐。每天洗澡，洗头发，耳朵经常清理。鼻毛也没多长一分。眼睛有些疲累，会点一滴眼药水，保持滋润。

我用纯白的棉布，从腹部裹到胸部，无论何时都是纯白。内裤也是纯白的平织棉布，连内裤也是，无论何时都是纯白。然后夜晚，一个人睡在纯白的床单上。

书房里，总是插着当季盛开的花朵。今早，我将水仙花插在壁龛的花瓶里。啊，日本真是个好国家。即使没有面包，酒也不足，但唯独花朵，唯独花朵，无论哪家花店，都开了好多好多花，红、黄、白、紫，争奇斗艳。这种美，足以让日本向世界夸耀！

最近，我不再穿破棉袄。一早起床就穿上洁净无垢、条纹鲜明的和服，整齐地系上角带。即使去邻近的朋友家，我也一定盛装前往，怀里也一定放着刚洗好、确实折成四角形的手帕。

最近不知为何，我很喜欢穿绣有家徽的和服外出。

今早，买花回来的途中，看到三鹰车站的广场，有古风的马车在候客，有一种明治鹿鸣馆的氛围。我不禁发思古之幽情，趋前询问马车夫。

“请问，这辆马车是要去哪里吗？”

“哪里都去啊。”年老的马车夫和蔼地回答，“这是出租车啊。”

“可以去银座吗？”

“银座很远。”他笑说，“搭电车去吧。”

我想搭这辆马车去银座八丁逛逛。我想穿着鹤丸（我家的家徽是鹤丸）的家徽和服、仙台平[1]的裙裤、白足袋，以这身打扮悠哉坐着这辆马车去逛银座八丁。

啊，最近我每天都以新郎的心态在过日子。

［本文写于昭和十六年（一九四一年）十二月八日］

（这天早上听到了日本和英美正式开战的报道。）

1. 仙台平：日本宫城县仙台市所做的绢织品，尤以裙裤最为知名，被指定为重要无形文化财富。

永别

今年，我和两位朋友永别。三井死于早春；接下来是五月，三田死于北方孤岛。三井与三田都才二十六七岁。

三井很爱写小说，每当写完一篇便兴高采烈跑来我家，进来时总把玄关门拉得咔咔作响。但也仅限于带作品来时，才会把门拉得咔咔作响。没带作品时，总是静静地拉开玄关门进来。所以每当三井把我家的门拉得咔咔作响时，我便知道他又完成一篇小说了。三井的小说有种清澈之美，但整体显得松散，并不是很好，像是少了骨架的小说。尽管如此，三井也愈来愈进步，但我总是嫌东嫌西，至死都没夸奖过他。他的肺不太好，但不太跟我说他的病情。

“你有没有闻到什么味道？”有一天，他忽然问我，“我的身体很臭吧？”

那天，三井进我的房间时，我就闻到臭味。

“没有，一点都不臭。”

“真的吗？你没闻到吗？”

我不敢说，你真的很臭。

“因为两三天前，我开始吃大蒜。要是太臭，我就回去。”

“不，一点也不臭。”那时我明白了，他的身子已相当虚弱。

于是我拜托三井的好友，请他对三井说，你要好好照顾身体，反正现在又不能马上写出好作品，先把身体养好，到时候要写小说还是什么，都能随心所欲做你喜欢的事。三井的好友，也把我的话如实告诉三井，从那之后，三井便不来我家了。

不来我家之后，过了三四个月，三井死了。我是从三井好友捎来的明信片，得知他的死讯的。后来我听三井的好友说，三井似乎不想把病治好。三井家人口单薄，只有他和母亲相依为命，即便病情已经很差，他也会趁母亲不注意时，从病床溜出去，在巷子里散步，吃红豆汤圆，常常很晚才回家。母亲虽然忧心忡忡，但内心一角也总觉得，三井能这样神采奕奕、满不在乎地出门，情况应该还好吧。到死前两三天，三井都还这样轻松出去散步。三井的临终之美，真是无与伦比。我不太想用“美”这种不负责任又带点敷衍搪塞的花言巧语，但无可奈何，那真的就是“美”。那时三井躺在床上，静静地和在枕边做针线活儿的母亲闲话家常，忽然不说话了。就只是这样。在清朗的晴天，完全无风的和煦春日，樱花也会禁不起自己的重量，宛如溢出般地飘落，呈现出小规模的花吹雪[1]。桌上插在杯子里的大朵玫瑰，深夜也会如碎裂般地散落。这不是风造成的，是自己散落。与天地的叹息一起散落。碰到飞天之神的白绢衣摆而散落。我认为人类至高的荣冠，是美丽的临终。小说写得好不好，根本不是问题。

还有一个人，也是我的年少友人，三田循司。

记得三田第一次来我家，好像是一九四〇年的晚秋。那晚，他和户石两人，好像是第一次来我三鹰的陋屋。虽

1. 花吹雪：指樱花像飞雪般散落时的情景。

然问问户石会更清楚，但户石也去当了军人，前阵子他捎了一封信给我：

我在野外营地得知三田的消息，难过得说不出话来。尤其在开满桔梗花与黄花龙芽草的原野上备觉落寞。因为那个死法太有三田风格了。

从他信中所言的状况看来，现在也无法立即问他。

他们第一次来我家时，两人都是东京帝大日文系的学生。三田出身于岩手县花卷町，户石则是仙台，两人都毕业于第二高等学校。因为是四年前的往事，我的记忆也不太清楚了，只记得那是晚秋（或许是初冬也说不定）的一个夜晚，两人一起来到我三鹰的陋屋，户石穿絣织和服与毛料裙裤，三田则穿学生服。我们围着桌子而坐，我记得三田坐在我的左边。

那晚谈了什么呢？好像是户石天真地问了浪漫主义、新体制之类的事。那晚主要是我和户石在交谈，三田在一旁微笑地聆听，时而轻轻点头。从他点头的方式看来，似乎可以很敏锐地抓到我的谈话重点，因此虽然我对着户石说话，也注意到了左边的三田。这不是哪一个比较好的问题，人通常可以分为这两种类型。两人一同来我家，一个活跃地不断问蠢问题，纵使被我讪笑也露出愉快感激的模样，但对我的答辩却不用心听，只是一味地努力不让席间冷场；另一个则坐在稍微昏暗之处，默默聆听我说话。虽说其中一人不断地问蠢问题，但此人并非是笨蛋所以如此，户石非常清楚自己的提问很普通，也明白自己的窘态。发问原本就多是蠢问题，但有些人会杀气腾腾冲去前辈家，为了让前辈狼狈难堪而问一些聪明尖锐的问题，这种家伙才是真正的笨蛋或神经病，装模作样得令人反胃。问蠢问题的人，有觉悟为席间的气氛牺牲，所以问了愚蠢问题还会露出开心感激的模样。两人连袂而来，通常有一个会自动当炒热席间气氛的牺牲者。而这种牺牲者，很奇妙地，一定坐在上座，然后也一定是美男子，也有会把扇子插在裙裤后方腰际的人。当然，户石并没有把扇子插在裙裤后方腰际，不过依然是个开朗的美男子，这点并无例外。户石曾感慨万千地向我述怀：

“其实脸蛋长得美，也是一种不幸啊。”

我不禁喷笑，心想这个人也太夸张。户石是剑道三段，身高五尺八寸五分[1]。我原本暗自同情他过大的身躯，担心他入伍后没有合身的军服可穿，在各方面引人侧目而遭到嘲笑揶揄，恐怕会比别人更加辛苦。但户石捎来的信说：“队上有两三个比我高的同袍。可是我发现只有五尺八寸五分才是矫健苗条的身材。”

意思是说，他毫无疑问地深信自己是五尺八寸五分的身材矫健苗条者，堪称春风得意。他甚至曾说：

“我的脸也有缺点，只是别人可能没察觉到。”

总之他就是个能炒热气氛、带来欢笑的人。

我不知道户石是否真的打从心底自恋。也许他一点也不自恋，只是为了炒热气氛而发挥牺牲精神，扮演小丑角色吧。东北[2]人的幽默，总之就是蠢。

1. 约 195 厘米。

2. 东北：指日本的“东北地方”，位于本州岛北部，包括青森县、岩手县、宫城县、秋田县、山形县、福岛县这六个县。

与如此活泼可爱讨喜的户石相比，三田就显得朴素低调。那时的文科学生大多留长发，但三田打从一开始便理光头，戴眼镜。我记得好像是铁框的眼镜。他头很大，额头突出，双眼炯炯有神，亦即俗称的“哲学家风貌”。他不太主动说什么，但很快便能理解别人说的话。他常和户石一起来，但也曾独自冒着大雨前来，此外也曾和其他第二高等学校毕业的帝大学生一起造访。我们经常去三鹰车站前的黑轮店或寿司店喝酒，三田喝了酒依然话不多，最会耍宝搞笑的还是户石。

但户石似乎有点怕三田。据说两人独处时，三田结结巴巴地指摘户石精神松散，要他正经点。即便是剑道三段的户石也大感吃不消，因而找我诉苦：

“因为三田是这样正经八百的人，我实在拿他没辙。他说的话每一句都很对，搞得我都不知道怎么办才好。”

将近六尺的男子汉，说得都快哭出来了。我有个坏毛病，无论理由为何，我都会站在弱势那边。因此有一天，我对三田说：

“虽然人必须正经才行，但嬉皮笑脸的人不见得不正经。”敏感的三田，似乎立刻洞悉一切。之后就很少来找我。后来他身体不好住院了，我再三接到他这样的明信片：

“我很痛苦。请给我一些激励的话。”

可是我这个人的个性，碰到直接向我要“激励的话”，我总害羞得不知该说什么，那时也无法回以任何“金玉名言”，只能写些稍微温暖的话。

三田康复出院后，到他租屋处附近的山岸先生[1]家，积极学作诗。山岸先生是我们的前辈，也是笃实的文学家，他不仅指导三田，还以诚意指导其他四五位学生学习作诗与写小说。在山岸先生的教导下，已有两三位年轻诗人出版杰出的诗集，受到社会有识之士的推崇。

“三田的情况如何？”那时，我曾问过山岸先生。

山岸先生思索了片刻，如此回答：

“很不错，或许是最好的。”

我尴尬震惊，霎时面红耳赤。我真是有眼不识三田的才华。因为我是个俗人，不懂诗的世界吧。三田离开我去

---

1. 山岸外史（一九〇四—一九七七）：曾与太宰治和檀一雄等人创建文艺杂志《青花》。太宰治在短篇小说《东京八景》中也谈到与山岸外史的友谊。

山岸先生那边，对他也许是件好事。

以前三田还来我家时，也曾给我看过他两三篇作品，但我都觉得不怎么样。户石也曾非常感动地说：

“三田这次的诗是杰作哟！请务必好好读一读。”

兴奋得犹如自己写出了杰作，但我不觉得有多好。当然绝非低俗的诗，也丝毫没有下流的氛围。不过，我就是不满意。

当时我没有夸赞他。

但是，也许是我不懂诗吧。听到山岸先生评为“很不错”，我很想读读三田后来写的诗。或许他在山岸先生的指导下，写得很好了。

但我还来不及看到三田的新作，他便在大学毕业立刻出征了。

现在我手边有四封三田出征后写来的信。应该还有两三封才对，但我没有保存别人信件的习惯，可以在抽屉里找到这四封，我都觉得不可思议。其他两三封可能永远不见了，只能死心。

太宰先生，您好吗？

我什么都想不起来。

无心地漂流，

然后，

军人一年级。

暂时，

“诗”，

在脑海里，

动弹不得。

东京的天空好吗？

这是四封信里的第一封。此时，三田好像还在新训中心受训。这是一封青涩彷徨，犹如在撒娇的信。率直无比的柔软心情过于外显，看得我心惊胆跳。他不是山岸先生打了包票的“最好”的人吗？但我有些不满，总觉得应该可以更好。我与年少朋友交往时，不会顾虑他们的年龄。因为年少，所以要我体谅、多加疼爱，这我做不来。我没有余裕疼爱他们。我希望能不分年少年长，尊敬每一个朋友。我希望以尊敬之念交往。所以面对年少友人，我也会毫不留情地说出我的不满。或许是粗野的乡下人肚量狭窄吧。我无法欣赏三田这种稚嫩的信。过了一阵子，又来一封信。这封也是从新训中心寄来的。

拜启。

久疏问候。

您过得如何呢?

我几乎可说，

一无所有。

有种想哭的冲动，

但是，

我仍带着信心努力。

这和前一封相比，苦闷沉潜了，有种充实感。我回了声援信给三田。过了不久，收到一封他从函馆发出的信。

太宰先生，您好吗?

我很好。

还得更加更加，

努力才行。

请保重身体。

祈愿您奋斗不懈。

其余，空白。

如此抄完这封信，我不由得叹了一口气。真是一封令人心疼的信。“还得更加更加，努力才行。”这句话在说三田自己，但感觉也在说我，真令人难为情。“其余，空白”是在说他自己吧。“您好吗？”我很好，但除了这个似乎也无事可说。若无纯粹的冲动，一行也写不出来，很清楚显现出这种“诗人气质”。

不过，我介绍以上三封信，绝非为了构思这篇小说。起初我的意图只有一个，我想写收到最后一封信时的感动。

您好吗?

从遥远的天空问候您。

我平安抵达任务地点。

请为伟大的文学而死。

我也即将赴死，

为了这场战争。

那时，我以爽朗的心情向山岸先生说：“三田果然是不错的家伙，其实他也有很好的一面。”此刻，我打从心底，想为自己的无知向山岸先生道歉。以一种崭新的心情，想和山岸先生握手。

虽说我不懂诗，却也是日夜追寻真正文学的男人，与文盲截然不同。我自认多少懂点文学。山岸先生说三田“很不错，或许是最好的”时，我虽然耻于自己的无知，但确实也曾侧首不解地质疑：“真的吗？”内心深处顽固地不以为然。我似乎有乡巴佬顽固的一面，若不将证据清楚地摊在眼前，我很难相信别人。就如《圣经》里的使徒多马[1]到最后都不肯相信基督复活。这真的很糟糕。使徒多

1. 多马：即圣多默（St. Thomas），本名多默，俗译多马，是天主教圣人、耶稣十二门徒之一。往往被称为“多疑的多默”，因为他对主的复活是“非见不信”的态度。

马说：“除非我亲眼看见他手上的钉痕，并用我的手指探入钉痕，用我的手摸他的肋旁，否则我绝对不信。”这种顽固，确实令人束手无策。我也有和善天真的一面，应该不至于像多马那样冥顽不灵，可是一个不留神，年纪大了也有可能变成刻薄无情的老头子。当时我无法由衷地、全盘相信山岸的判定，内心某个角落依然质疑：“真的吗？”

但收到这封“请死”的信，我的心房霎时全被打开了，感到一阵凉风倏地吹过心头。

我很高兴，觉得他说得真好。这是非常杰出的话语。我经常收到许多奔赴战地的朋友，捎来各种令人感激的信，但能如此毫不迟疑自然地说出“请死”的，唯有三田一人。这是很难说出口的话。但三田却能说得如此自然，这表示三田已拥有一流诗人的资格。我向来尊敬诗人。纯粹的诗人，是超越人类的存在，我一直深信他们是天使。因此我对世间的诗人有很大的期待，却也经常失望。因为有很多人明明不是天使，却装模作样自称诗人。但三田并非如此。我相信山岸先生所言，三田确实是“最好的诗人”之一。至于三田为何写出这封如此美丽的信，我到了后来才知道原因。总之我现在由衷臣服山岸先生的看法，开心得不得了。

“三田很棒，确实很棒。”我带着只有我明白的和解心情，对山岸先生说。这世上的喜悦，能胜过和解的大概不多。我与山岸先生一样，相信三田是“最好的”，对三田今后的诗作也抱着很大的期待，但三田的作品却以另一种方式，完美地完成了。

过了不久，山岸先生带了一位眼睛很大、个子很高的年轻人来我的三鹰陋屋。

“这位是三田的弟弟。”在山岸先生的介绍下，他向我们打招呼。

果然很像。尤其那怯弱的微笑，和他哥哥一模一样。我收下三田他弟弟送的伴手礼，一双用整块梧桐刻的新木屐，以及一篮苹果。山岸先生在一旁说明：

“他也送了我一双用整块梧桐刻的新木屐与一篮苹果。苹果还有点酸，放个两三天再吃比较好。木屐是我和你成对的，各一双。这是令人愉悦的伴手礼吧。”

弟弟这次来，除了谈遗稿集的事，也想和我们彻夜聊他哥哥的事，前一天便从岩手县的花卷来到东京。三个人便一同在我家谈论遗稿集的事。

“诗要全部收录吗？”我问山岸先生。

“是啊，我是这么打算。”

“不过初期的诗，好像不太好。”我依然有所执着。真是乡巴佬的顽固，以后会变成刻薄无情的老头子。

“你怎么说这种话。”山岸先生苦笑，然后立即聪颖地洞悉了，“看来我不能比太宰早死啊，否则他不晓得会怎么说我呢。”

我希望开卷第一页，能以较大的字体，印上三田那封信。其他的诗，用小字也无妨。我就是如此喜欢那封信的字字句句。

您好吗?

从遥远的天空问候您。

我平安抵达任务地点。

请为伟大的文学而死。

我也即将赴死，

为了这场战争。

图书在版编目（CIP）数据

小说灯笼 / (日) 太宰治著；陈系美译. -- 成都：四川文艺出版社, 2017.5（2018.4重印）
ISBN 978-7-5411-4664-0

Ⅰ.①小… Ⅱ.①太… ②陈… Ⅲ.①短篇小说－小说集－日本－现代 Ⅳ.①I313.45

中国版本图书馆CIP数据核字（2017）第095975号

本简体中文版翻译由台湾远足文化事业股份有限公司/大牌出版授权

XIAO SHUO DENG LONG

小说灯笼

（日）太宰治 著 陈系美 译

策划出品 磨铁图书
责任编辑 李国亮 奉学勤
特约监制 赵 菁 单元皓
特约编辑 胡瑞婷
装帧设计 所以设计馆

出版发行 四川文艺出版社（成都市槐树街2号）
网 址 www.scwys.com
电 话 028-86259287（发行部） 028-86259303（编辑部）
传 真 028-86259306

邮购地址 成都市槐树街2号四川文艺出版社邮购部 610031
印 刷 河北鹏润印刷有限公司
成品尺寸 125mm × 185mm 1/32
印 张 9.25 字 数 132千
版 次 2017年6月第一版 印 次 2018年4月第七次印刷
书 号 ISBN 978-7-5411-4664-0
定 价 42.80元

OWL 猫头鹰

阅读，认识你自己

Lege, temet nosce

001 《我生命里的光》 中村修二 著，安素 译

002 《当呼吸化为空气》 保罗·卡拉尼什 著，何雨珈 译

003 《刀锋》 毛姆 著，林步升 译

004 《圣诞男孩》 马特·海格 著，马爱农 译

005 《了不起的盖茨比》 菲茨杰拉德 著，徐之野 译

006 《为你，耶路撒冷》 拉莱·科林斯、多米尼克·拉皮埃尔 著，晏可佳、晏子慧、姚蓓琴 译

007 《街角的奇迹》 肯尼迪·欧戴德、杰西卡·波斯纳 著，王楠 译

008 《你杀不死一只老狐狸》 大卫·豪沃思 著，静恩英 译

009 《个人的体验》 大江健三郎 著，王中忱 译

010 《树上的时光》 韩奈德 著，鲁梦珏 译

011 《彼得·潘》 詹姆斯·巴里 著，黄意然 译

012 《长腿叔叔》 简·韦伯斯特 著，黄意然 译

013 《津轻》 太宰治 著，吴季伦 译

014 《小说灯笼》 太宰治 著，陈系美 译

015 《小丑之花》 太宰治 著，刘子倩 译

016 《长夜漫漫路迢迢》 尤金·奥尼尔 著，乔志高 译

017 《夜莺书店》 维罗妮卡·亨利 著，王思宁 译

018 《简·爱》 夏洛特·勃朗特 著，陈锦慧 译

019 《乱时候，穷时候》 姜淑梅 著

020 《野性的呼唤》 杰克·伦敦 著，杨耐冬 译

021 《寻找更明亮的天空》 古尔瓦力·帕萨雷、娜德纳·古力 著，吴超 译

022 《荒野求生手册》 贝尔·格里尔斯 著，李璞良 译

023 《善心女神》 乔纳森·利特尔 著，蔡孟贞 译

024 《越过一山，又是一山》 特雷西·基德尔 著，钱基莲 译

025 《寂静的春天》 蕾切尔·卡森 著，黄中宪 译

026 《超越人类》 伊芙·赫洛尔德 著，欧阳昱 译

027 《无人岛生存十六人》 须川邦彦 著，陈娴若 译

028 《圣诞女孩》 马特·海格 著，鲁梦珏 译

029 《伤心咖啡馆之歌》 卡森·麦卡勒斯 著，赵丕慧 译

030 《心是孤独的猎手》 卡森·麦卡勒斯 著，赵文伟 译

031 《权力之路》 罗伯特·A.卡洛 著，何雨珈 译

032 《海的那一边》 梅丽莎·弗莱明 著，小庄 译

033 《了不起的身体重启术》 崎田美菜 著，田中千哉 监制，单元皓 译

034 《宅人瑜伽》 崎田美菜 著，福永伴子 监制，单元皓 译

035 《夜行》 森见登美彦 著，单元皓 译

036 《不抓狂人生指南》 艾米丽·雷诺兹 著，何雨珈 译

037 《荒野之狼》 赫尔曼·黑塞 著，阙旭玲 译